Wakamatsu Daiichi Gakuen Junior High School Glee Club

若松一中グリークラブ

気になるあの子はトップテノール

神戸遥真

岩崎書店

Wakamatsu Daiichi Gakuen Junior High School Glee Club
若松一中
グリークラブ
気になるあの子は
トップテノール
神戸遥真

装画

田中寛崇

装丁

大岡喜直
(next door design)

若松一中グリークラブ

気になるあの子はトップテノール

登場人物紹介
Characters

二宮陽翔

一年一組。運動神経抜群で勉強も得意。器用でまじめ。父親はオリンピック出場経験もある元陸上選手。父親が有名人であることから、自分もカッコよく（男らしく）あらねばと心がけるように。

渡瀬歩実

一年三組。入学後すぐに「女装男子」と噂される。ロングヘアやスカートが許されるという理由で私立中学を志望。合唱部に入部できなかったため、自分でサークルを立ちあげる。

丸本 翼

一年一組。陽翔の幼なじみ。運動全般が苦手で、アニメやマンガが好き。あだ名は「会長」。

葉村慎太（はむらしんた）

一年三組。学校ではある事情（じじょう）からほとんどしゃべらない。長身で物静か。

白鳥聖也（しらとりせいや）

一年四組。幼いころからピアノを習っていて、コンクールの出場経験があるほどのうで前を持つ。

玉川拓朗（たまがわたくろう）

一年一組のクラス担任（たんにん）。教科は社会科。あだ名は「タマタク」。

倉内琴梨（くらうちことり）

一年一組。合唱部員。クラス委員もつとめる、しっかり者。

明るく澄んだ春の青空に、歌声が響いてとけていく。

音楽の余韻を惜しむような間のあと、その子はパッとこちらを見た。

「歌って楽しいよね？」

まっすぐにおれの目をのぞきこむ、キラキラかがやく大きな目。

そう聞くこの子のほうこそ、本当に歌が楽しくて好きなのだと、これでもかと伝わってくる。

胸の奥に火がともる。耳の先が、鼻の頭が、目頭がどうしようもなく熱を持ち、こみあげかけた何かをのみこんだ。楽しい、という言葉すらうまく口にできず、小さくうなずいてかえす。

すると、その子はぱあっと顔を明るくした。「だよねだよね！」とにこにこする。

なんともうれしそうに、かわいい顔をくしゃりとして笑い、そして。

おれに手を差しだした。

「いっしょに歌おう！」

その言葉に、小さな迷いは瞬時に吹きとんだ。

またこの子と歌いたいって、おれも願っていたから。
かわいくてキラキラしてて、すごく楽しそうに歌うこの子のことを、もっと知りたくて、もっともっと話したくて。
仲よくなれたらいいなと思った。

もくじ
Contents

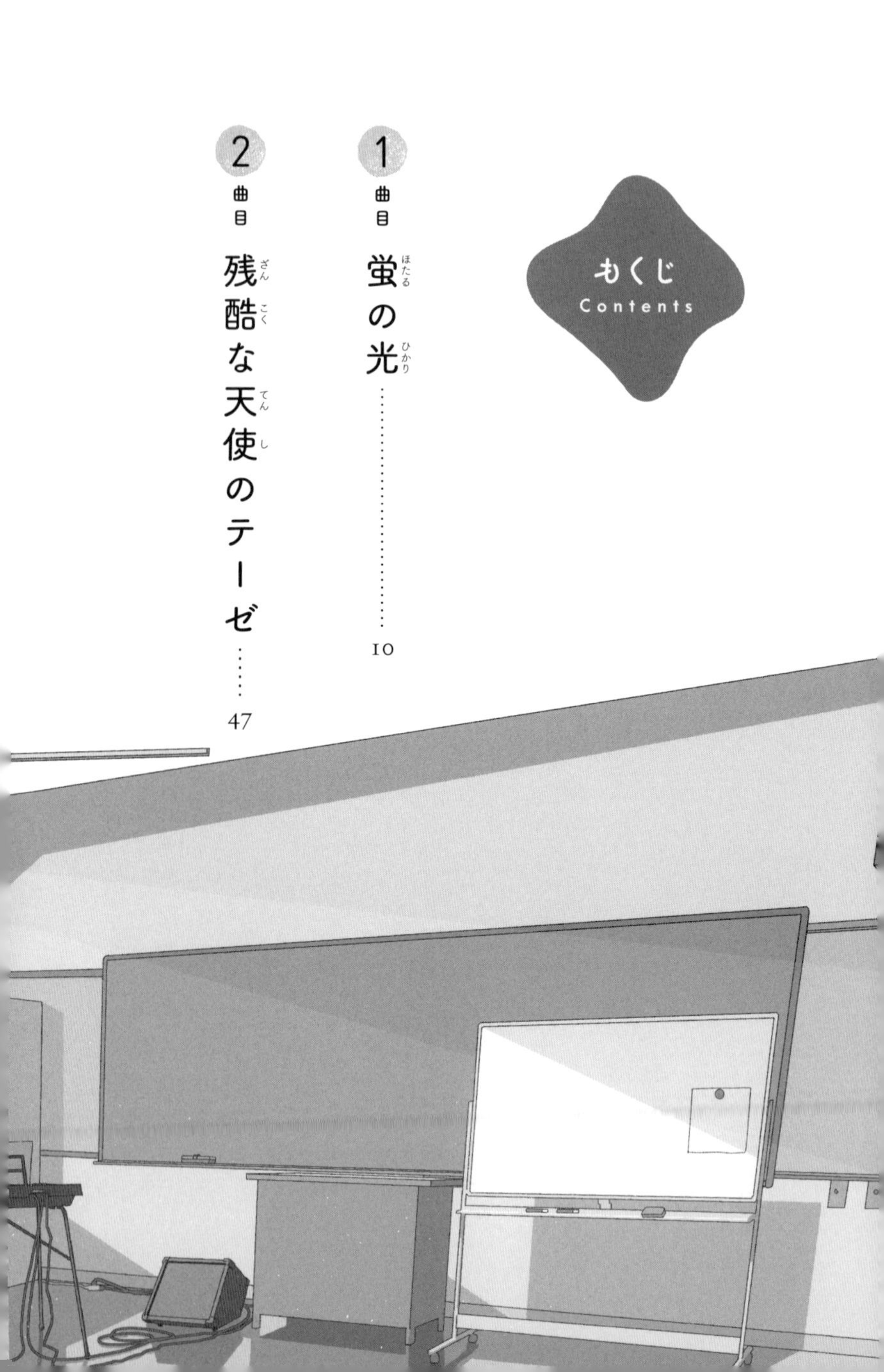

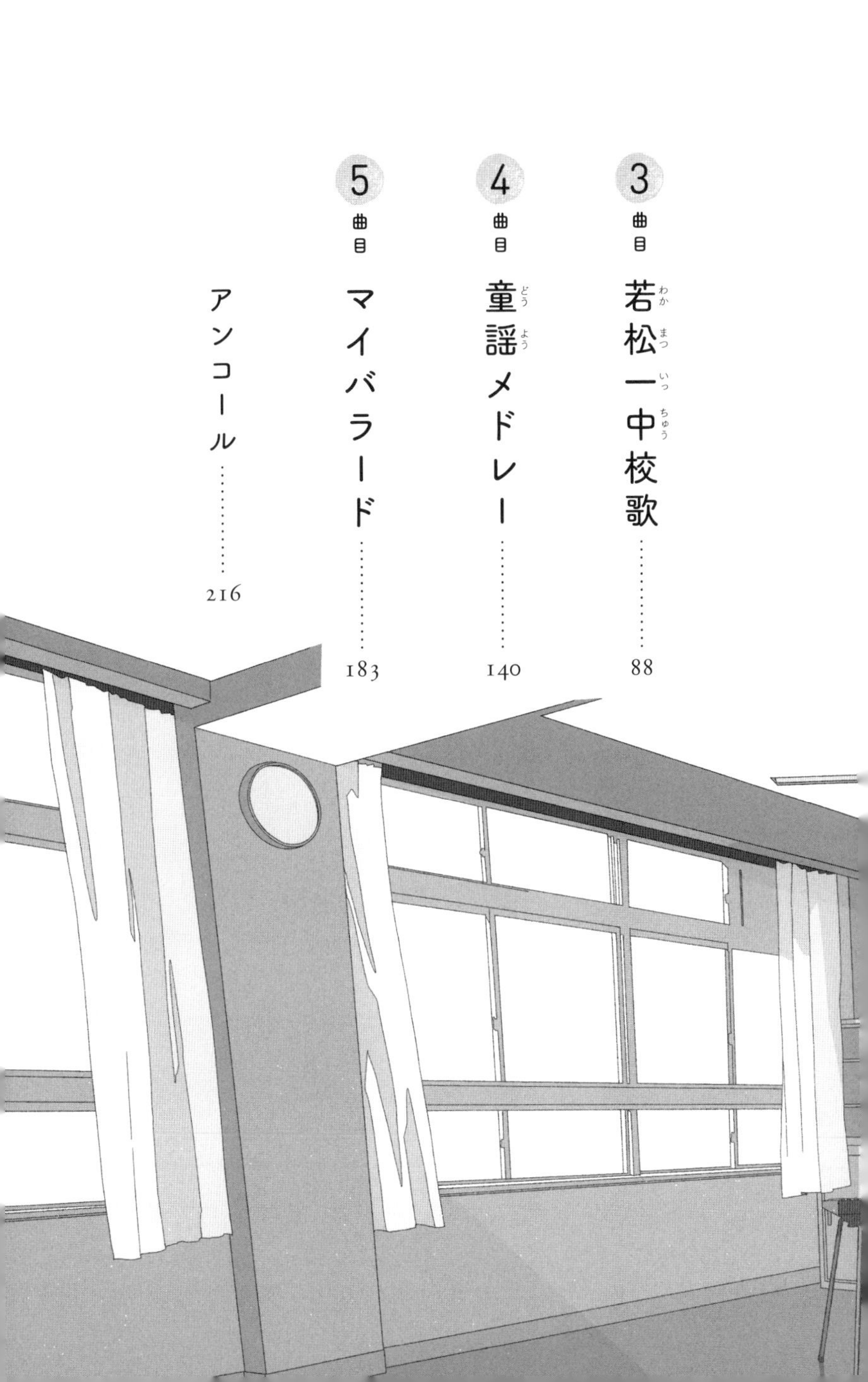

1曲目 蛍の光

すりむいた手の甲の傷に、冷たい水がピリッと染みた。

中学生活一日目、入学式の日にケガをするなんて、とため息が出かけてのみこむ。ケガといっても、血もほとんど出ていないかすり傷。むしろ、これくらいのケガですんでよかったと、気持ちを前むきに切りかえて両手の水滴をはらった。

おれが今いるのは、新入生の教室がある北校舎のとなり、南校舎の一角。廊下に「理科室」「美術室」といったプレートがあったので、特別教室が多くある校舎なのだろう。

ここ、若松第一学園中学は中高一貫の私立校。高校の校舎はべつの場所にあるが、それでもこれまで通っていた小学校よりずっと敷地面積もあり、グラウンドも校舎も立派で広くて大きかった。おかげで、ちょっとうろうろしただけで、人気のない水飲み場を見つけられた。ただのかすり傷で、誰かに余計な気をつかわせたりしたくな

かったのだ。

スラックスのポケットからハンカチを出し、手をふこうとしたそのとき。

「それ、ケガしちゃったの？」

スッと耳にとどく、澄んだ明るい声。

突然の人の気配におどろいて、一歩さがって声のほうを見る。いつの間にか、おれのとなりに女子生徒が立っていた。

低い位置でツインテールにした、ふわりと長い髪。窓からさしこむ光を受けると、その髪はキラキラして明るい茶色に見えた。スッとした鼻すじ、笑みを作るピンク色の唇。まつ毛がくるんと上むいたパッチリしたその目には、キラリと星がかがやいている。

その女の子は、ひかえめに表現しても、とんでもなくかわいかった。

かわいい、以外にうかぶ言葉がほかになく、おれは気がつけば呼吸をとめていた。

テレビやネットで、きれいな女の人を見たことはもちろんある。アイドルとか、モデルとか、歌手とか。それでも、こんなにも強烈な〝かわいい〟を直接的に至近距離であびせられたのは、生まれてはじめてのことだった。

「……大丈夫？」

目の前でひらひらと手をふられ、ぽうっとしていたおれは肩をビクリとさせてから、あわててコクコクとうなずく。女の子は形の整ったその眉をわずかに寄せてハの字にし、おれの手をのぞきこんだ。

「赤くなってるね。痛そう」

「た、たいしたことない、です」

ドギマギしすぎて舌を噛みそうになる。いつの間にか、全力疾走したときみたいに心臓がバクバクと鳴っていた。

「転んじゃったの？」

動揺しているおれにはこれっぽっちも気がつかないような顔で、その女の子は聞いてくる。かすかに、ふわりと甘い匂いがした。シャンプーの香り。

「えっと、その……転びそうになったのは、友だちのほうで」

今朝、おれは幼なじみの会長といっしょに登校していた（会長っていうのはあだ名

で、彼の本名は丸本翼という）。会長はおれと同じ小学校出身。いっしょに中学受験をし、この春、無事に若松一中に入学することになったのだ。

はじめての電車通学に、知らない人ばかりの私立中学。おれたちは期待と緊張で胸がいっぱいで、そして会長はいつも以上にテンションが高くおしゃべりに夢中だった。若松一中の最寄りの都賀駅につき、スクールバスに乗って学校に到着するやいなや。前も見ずに今期オススメのアニメについて早口でしゃべっていた会長は、バスのステップから足をすべらせた。

そのうでをとっさにつかんだものの、残念ながら会長はおれより数センチ背が低く、そして体重はおれの一・五倍くらいあった。重力には逆らえず、会長もろともバスのステップから落下し、会長の下敷きになった際にかすり傷ができたのだった。

「友だちのこと、かばってあげたんだ？」

女の子にそんなふうに聞かれ、ドキマギしながらこたえる。

「かばったというか、いっしょに落下しただけなんですけど……」

会長は無傷だったし、おれのケガも地面に転がったときにすりむいた手の甲くらい。

会長は以前、転んで骨折したこともあった。何かと不注意なそんな会長が、入学そうそうに転んで骨折、なんて事態にならなかったのはよかった。

「でも、とっさにそういうことできるってすごいね」

まっすぐに褒められ、おまけににこっとかわいらしい笑顔までむけられて、ボンッと顔がまっ赤になる。

その女の子は、「あ、そーだ!」とブレザーのポケットをまさぐった。そして、小さな小物入れから、絆創膏をとりだす。

「これ、よかったら使って」

「え、でも」

絆創膏は、その子にとってもよく似合う、あわいピンク色にクマの柄がプリントされた、かわいらしいものだった。

「あ、かわいすぎる?」

「そ、そんなことない!　その、おれにはもったいない、というか……」

「絆創膏なんだから、ケガしたときに使わなきゃ、逆にもったいないよ!」

女の子はケラッと笑って、おれの手に絆創膏を押しつける。その手はあたたかくて、近くで見ると思っていたより指が長くてスラッとしていた。爪はきれいに整えられ、表面がつるんとしている。

「学校探検したいから、先に行くね。お大事に！」

女の子は最後にとびきりの笑顔を見せ、パタパタと去っていった。

学校探検……。

その後ろ姿を見て、気がつく。女の子はおれと同じ、グリーンの上ばきをはいていた。つまり、一年生。

しばらくして沈黙がもどってきて、そして。

おれは思わず、その場にしゃがみこんだ。

心臓が、今まで以上にバクバクと鳴っている。

手のなかにある絆創膏。触れたばかりの、あの子の手の感触が何度も何度もよみがえる。

……ちゃんとお礼、言えなかったな。

何組なんだろう。同じ一年生なら、いつか話せることはあるかな。名前を聞けばよかった。

なかなか顔の熱がひかなくて、一年一組の教室にもどったのは、朝のホームルームがはじまる直前だった。中学でも同じクラスになった会長に「トイレ長かったな」なんてからかわれ、絆創膏を貼った手の甲を隠してこづきかえす。ざっと見わたしたけど、教室にあの子はいなかった。ガッカリすると同時に、ようやく胸の鼓動がおちつきをとりもどした。

♪　♪

そんな入学式の日から、一週間。

おれの頭は、あの子のことでいっぱいになっていた。

絆創膏をもらった、ただそれだけのことなのに。考えると胸がギュッとなって、あの笑顔を思い出すたびにどうしようもなくなって、息苦しさすら覚えてしまう。

小学生のころ、クラスの女子たちがきゃあきゃあと恋バナをしていたのを思い出す。あんなふうに誰かに夢中になるなんて、よくわかんないなぁと思ってた。あのころ、何人かの女子に告白されたこともあったけど、好きとかつきあうとかよくわからないし、と断った。

けど、それがこういうものだって、この一週間で理解できてしまった。

誰かのことで頭がいっぱいで、考えただけでおちつかなくなって、胸が痛くて切なくて、なのにあたたかい気持ちにもなって、足もとがふわふわするような、そんな気持ち。

講堂で行われた入学式で見かけて、彼女が三組なのはわかった。となりのとなりのクラス。廊下ですれちがったことも、何度かあった。そのたびに、おれも三組だったらよかったのにと切なくなった。会長と同じ一組で、「やったな！」とよろこびあったはずだったのに。

そんなふうにして、思いもよらない形で中学生活がスタートし、新入生むけの部活動の仮入部期間がスタートした。

うちの中学では、四月から五月の初旬までは仮入部としていろんな部を見学でき、その後、正式な入部という流れとなる。

その日、放課後になるなり、会長がおれの席までやってきた。家の用事があるとかで、部活の見学には行かずに帰るという。

「どの部に入るか決めたら教えてくれよな」

「それはいいけど……会長は？　入りたい部とかないの？」

「おれは決まってる」

会長は両うでをビシッとあげると、フレーフレーをするように動かした。

「ハルトのファンクラブ会長だからな」

会長は「じゃーな」と手をふって去っていく。

……会長ってば、中学でもやっぱり「会長」をやるつもりなんだ。

入学式の日、クラスの自己紹介でも『あだ名は「会長」です』なんて自ら言っていたくらいなので、それはわかってはいたんだけど。

会長こと丸本翼は、いつからか周囲に「会長」と呼ばれるようになり、本人もその

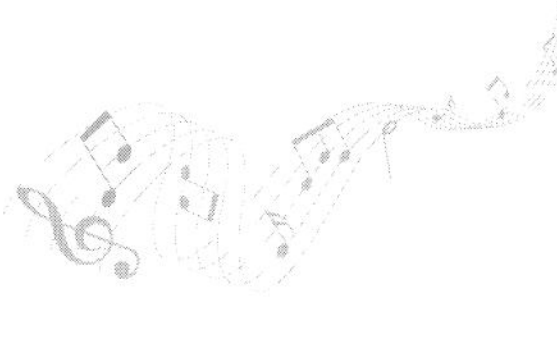

あだ名を気に入って積極的に使っている。会長っていうのは、さっき本人が言っていたとおり、ハルト、つまりおれの「ファンクラブ会長」が語源。おれの名前は二宮陽翔という。

　きっかけは、幼稚園に通っていたころのこと。当時からコロコロした体型だった会長は同じ組の男子数人にいじめられていて、おれがそれを助けた。家が近所なこともあり、以来、会長とはずっと仲よくしている。一番の友だちと言ってもいい。

　そんな会長は、いまだに幼稚園時代の恩を強く感じていて、おれの一番のファンだと公言し、気がつけば「ファンクラブ会長」を自称していた。大げさだけど、会長はいつも本当に熱烈な応援をしてくれる。小学校時代のミニバスの試合、はたまた運動会などなどで、これでもかと自作の応援グッズをふりまわす。

　最初は恥ずかしかったし、友だちなのにファンとか意味がわからないし、やめてくれと頼んだこともあった。周囲からも、ちょっと痛い目で見られていたし。けど、会長がひどくおちこんでしまい、罪悪感のあまり応援を許容した。会長がとっても楽しそうなので、まぁいっかということにしている。

中学でおれがどこかの部活に入って、試合に出たりしたら。会長はまた、全力で応援するつもりなんだろうか。マネージャーとして入部するとか？

小さくため息をついた。応援はもういいって遠慮したら、会長はガッカリするだろうか。中学では、あんまり目立ちたくないんだけど……。

荷物をまとめ、教室を出た。廊下は見るからににぎやかで、すかさずやってきた上級生にチラシをわたされ、「仮入部しませんか？」と声をかけられる。新入生の勧誘スタート一日目、どの部も気合いが入っているようだ。少し歩いただけで、両手がチラシでいっぱいになる。

そうしているうちに、廊下の掲示板の前に来た。掲示板には各部のチラシがびっしりとすき間なく貼られている。サッカー部、剣道部、野球部、囲碁部、ジャグリング部、吹奏楽部……。

この部に入りたい、という強い希望はなかった。中学では、何か新しいことをはじめてみたいって気持ちはあったけど、まぁ運動部かなーとぼんやり考える。小学生のころは、バスケ部に入っていた。親も周囲も、おれが中学でも運動部に入るものだと

当然のように思っている気がする。

せっかくだし、どこかに見学に行こうかなと、考えていたときだった。

「――きみ、もしかして二宮くん？」

ふいに声をかけられてふりかえる。スラッと背の高い、二年生の男子の先輩。

「そうですけど……」

「やっぱり！　おれ、きみのこと見たことがあって！」

先輩はにこやかにそう言うと、これどうぞ、とチラシをわたしてきた。陸上部。

「去年、陸上競技大会にお父さんといっしょに来てたよね？」

そう言われ、すぐになんのことかわかった。去年の秋、市内の競技場で行われた大会。ゲストとして呼ばれた父さんが、閉会式であいさつをしたのだ。

「あの大会におれも出ててさ。閉会式のあと、お父さんと少し話す機会があって。息子が若松一中を受験予定だって話してたから覚えてたんだ。無事に受かったんだね、おめでとう！」

「どうも……」

父さんってば、息子（むすこ）の個人情報（こじんじょうほう）をペラペラしゃべりすぎだ。

そのとき、先輩（せんぱい）の肩（かた）をべつの男子がポンとたたいた。こちらも陸上部のチラシを持っているので、部の仲間らしい。

「知りあい？」

「知りあいってわけじゃないんだけど。ほら、去年の大会にゲストで来てただろ。陸上の二宮祐司（にのみやゆうじ）さん。その息子さん」

「え、そうなの？　あのオリンピック選手の？」

二人の声は、人が多い廊下（ろうか）でも響（ひび）くくらいには大きかった。

「オリンピック選手？」

「誰（だれ）？」

「二宮選手って新聞で見たことある！　うちの市出身なんでしょ？　特集されてた！」

わらわらと人が集まってきて、すっかりとりかこまれてしまう。

「二宮くん、もう部活は決めたの？」

「きっと二宮くんも運動神経（しんけい）いいんだよね？」

「ぜひうちの部に！」

そんなふうにつめよられ、あいまいに笑ってごまかして、その場から逃げだした。

二宮祐司は、オリンピックの出場経験もある元陸上選手だ。

もう四十代後半、さすがに現役ではないが、今でも新聞に載ったりイベントに呼ばれたりと、地元ではちょっとした有名人。街を歩けば、冗談抜きに知らない人から年がら年中声をかけられる。

そんなすごい人の一人息子がおれ、二宮陽翔だった。

幼いころは、みんなに「すごい」と褒められる父さんのことが誇らしくてたまらなかった。クラスメイトたちの父親をおれは知らないけど、みんなはおれの父親のことを知っている。そんな有名人だってことが、自分のことみたいにうれしくて自慢だった。

でも、あるとき気がついたのだ。

有名人の息子には、それなりのふるまいが求められるということに。

会長はおれに恩を感じているけど、いじめっこから助けたのだって、純粋な正義感や親切心ももちろんあった一方で、幼心に父親のことを意識してのことでもあった。いじめられている子がいたら、父さんならきっと助けるだろうなって。

そういうふうにしたら、褒めてもらえるかなって。

おれは昔から、あらゆることにおいて父さんを意識していた。勉強も運動も、一つも手を抜いてこなかった。がんばれば「さすが二宮選手の息子さん」と褒められた。「二宮選手の息子さんなのに」とガッカリされるのが怖かった。

そうして、勉強も運動も人並み以上にできる、二宮選手の息子をやってきた。おれはうまくやれていたと思う。だけど。

ちょっと、疲れたのだ。

〝二宮選手の息子〟としてがんばることに。

それもあって、中学受験をしたいと自分から親に申し出た。自分のことを、父さんのことを知らない人ばかりの環境に身をおきたくて、電車通学が必要な若松一中を受験した。

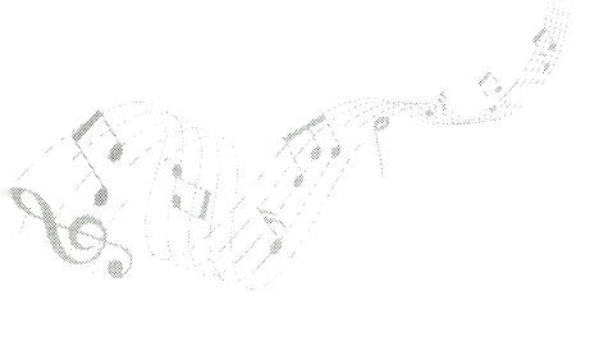

……ここなら、いろいろリセットできると思ったのにな。

父さんが呼ばれたイベントをよく観にいかされていたおれは、思っていた以上に面が割れていたらしい。リセットなんて、かんたんなことじゃなかったのかも。

廊下を早歩きで進み、人のいないほうへいないほうへと進んでいたら、南校舎一階、あの子に絆創膏をもらった水飲み場のそばまで来ていた。特別教室のある南校舎は文化部の部室が多いのか、廊下の壁には、チラホラと文化部のチラシや「部室はこちら」と書かれた紙などが貼られている。

あの子は、何部に入るんだろう。

スラッとしていて、いかにも快活そうな雰囲気。運動神経がよさそうな気がする。バスケ部か、バレー部か、陸上部か……。あの子と同じ部に入るのはどうだろう、なんてつい考え、自分の不純さに顔が熱くなる。さっきの先輩たちからの質問攻めにより、入部意欲はだださがりしていた。でも、もしあの子がいるのなら、どんな部でも入れるかもしれない、なんて。

心のなかで、もだえて頭を抱える。あれから一週間たつのに、気持ちはおちつくどころかどんどん冷静さを失っていっている。われながら重症だし、もうどうしたらいいのかわからない。誰かに相談したい気もしつつ、自分がとんでもなくカッコ悪く気持ち悪い思考になっている自覚もあった。女子たちは、どうしてあんなに楽しそうに恋バナができるんだろう。

とにかく、部活は大事だ。何部を選ぶかで中学三年間が大きく変わる。不純な動機じゃなく、ちゃんと考えて決めなければ……。

——♪**春のうららの　隅田川**

ふいに、明るい歌声が耳にとどいた。

春、という歌詞にふさわしい、あたたかな春の日射しみたいな曲調。

あたりを見まわした。どこかの教室から？　でも、もう少しはなれたところから聴こえたような。

——♪**のぼりくだりの　船人が**

すぐそばに、外に出られるガラスドアがあることに気がついた。飛びつくようにドアノブをまわすと、太陽の光が視界をつらぬき、たちまち世界が明るくなる。

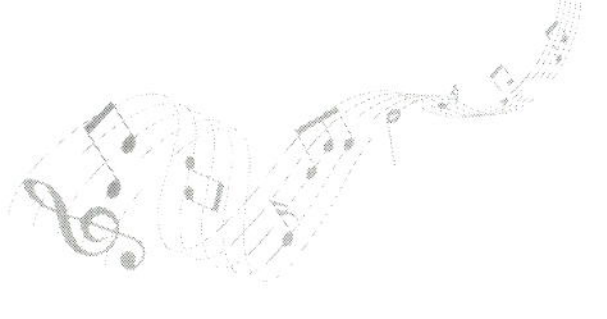

赤、白、黄色とカラフルなチューリップが咲く花壇。小さな庭園みたいになっていて緑であふれており、奥のほうには一年生の教室がある北校舎が見えた。ここは中庭のようだ。

その一角に、花壇の縁石に腰かけ、足をぶらぶらさせて歌っている女子生徒がいた。ふわりとしたツインテール。パッチリした大きな目。

まさかのあの子。

——♪**櫂のしずくも　花と散る**

はじめて声をかけられたときも、よく通る明るい声だと思った。けど、メロディに乗るとその声はより透明感を増し、強くまっすぐに響き、すうっとおれのなかに染みわたる。

誰かの歌声を、こんなにきれいだと思ったのははじめてだった。

そのままぼうっとしていたら、ふいに歌声がやんだ。あの子が、大きな目をパチクリとさせてこちらを見ている。

あんなに話したいと思っていたのに。いざ目の前にしたら、おれの体温はかぁっとあがって、のどはすぼまり息がつまる。

一方、そんなおれの様子にはおかまいなし、その子は「あー！」と声をあげた。

「入学式の日の！　絆創膏の！」

おれのことを覚えてくれていた。その事実に、体温がさらに急上昇する。

おれは勇気をふりしぼり、やっとの思いで口をひらいた。

「こ、このあいだ！　絆創膏、ありがとう！」

そして、手の甲を見せた。傷はすっかりふさがり、痕もほとんど残っていない。

すると、彼女はにっこり笑った。

「どーいたしまして！」

あの子とまた話せた。今度こそ、ちゃんとお礼を言えた。そのことに胸をじんとさせつつ、おれは必死に頭を働かせていた。こんなチャンス、ぜったいに逃せない。この一週間、この子のことばかり考えてた。この子のことを知りたかった。

この子と、なんとか仲よくなりたい。

おれはギュッと両手をにぎり、一歩前に出た。

「一組の二宮陽翔、です」

われながら、とんでもなく唐突な自己紹介。もっと自然に、さりげなく話しかけたかったのに！

けど、彼女は表情を明るくしてかえしてくれた。

「三組の渡瀬歩実！　よろしくね！」

よろしくね、という言葉に、なんかもう、いろんなものがふやけた。

急な自己紹介になったものの、おかげで空気はほぐれた。なんでもいいから話したくて、おれはとっさにさっきの歌のことを伝える。

「歌、すごく上手だった！」

すると、渡瀬さんはたちまち照れたような顔になる。めちゃくちゃかわいい。

「誰にも聴かれてないと思ってたのに……」

褒めたのに、気分を害してしまったのではと青くなる。女子と話すのって、こんなにむずかしかったっけ。

「ご、ごめん」

「でも、褒めてもらえてうれしい」

渡瀬さんは、今度ははにかむように笑った。かわいすぎてしんどい。

渡瀬さんにうながされ、あいだを少しあけて花壇のブロックに腰かけた。そばのチューリップなのか、花の香りが強い。

「さっきの歌、なんて曲?」

いわゆる、ポップスじゃないのは明らかだった。音楽の授業などで歌いそうな、そんな雰囲気の曲。

「滝廉太郎の『花』っていう曲。メロディが好きなんだ」

「もしかして、渡瀬さんは合唱部に入部するの?」

そばの廊下に、合唱部のチラシがあった気がする。

けど、渡瀬さんはたちまちシュンとした顔になって、スカートのヒザの上にほおづえをついた。

「そのつもりだったんだけどねー……」

渡瀬さんは、なんだか遠い目になって話してくれた。若松一中の合唱部は歴史ある部で、大会の常連校。そこに入部するつもりで、ついさっき部の見学に行ったばかりなのだという。

「でも、入部、断られちゃって」

「え、なんで？」

入部拒否、なんてありえるんだろうか。まさか、渡瀬さんがかわいいから？瞬間的にカッとなったおれは、すっくと立ちあがった。

「先生に相談しよう」

「え？」

「入部拒否なんて、理不尽じゃないか」

すると、渡瀬さんは「まぁまぁ」と苦笑して、おれをふたたび座らせた。

「理由はわかってるから。しょうがないかな、とは思ってるんだ」

そんなふうに言われてしまったら、部外者でしかないおれにできることは、もう何もない気がした。でも、納得はできない。あんなに歌が上手で、それに、なんていうか……。

「渡瀬さん、歌うの好きそうなのに」

中庭で歌っていた渡瀬さんは、一人でもとても楽しそうに見えた。本当に好きじゃなきゃ、あんなふうには歌えないと思う。

「ありがとう。うん、歌うの好きなんだ。だから、」

今度は、渡瀬さんがパッと立ちあがった。

「自分でサークルを作るよ」

渡瀬さんの言葉にはまったくの迷いがなく、その目にはなみなみならぬ決意がみなぎっているように見える。入部を拒否されてそんなに時間もたっていないだろうに、もうこんなふうに気持ちを切りかえて前をむいてる。

たちまち尊敬のような気持ちがわきおこり、それから自分をかえりみて、むしょうに恥ずかしくなってきた。父さんのことばかり気にして、自分は逃げているんじゃないかって。自分は自分だって割りきれない。まわりにどう思われるのかばかりを気にしてる。

渡瀬さんは、かわいくてやさしいだけじゃなかった。強くて前むきで、すごくまっすぐ。サークル、つまりは同好会を作るなんて、とても大変そうなのに。おれにも何か手伝えたら、いっそ入会して協力するのはどうだろう……とは、考えたものの。

父さんを意識していろいろがんばってきたおれにも、苦手なものが一つだけあった。

歌うこと。

今から約一年前、小六の春におれは声変わりをした。それ以来、うまく歌えなくなってしまったのだ。低い音ならまだしも、高い音はもう全然音をとれない。

あるとき、音楽の授業で思いっきり声がひっくりかえってしまい、クラスメイトに笑われた。「オンチでごめん」と笑ってかえしたけど、あのときのことは今でもちょっとトラウマになってる。

「その……力になりたいのは、山々なんだけど、おれ、じつは歌だけは苦手で。サークル作り、メンバー集めとか、手伝えることがあったら——」

「ハルトは、歌うのキライ？」

いきなり下の名前、しかも呼び捨てで、心臓がドッキンとはねる。

「キ、キラい……とかでは、ないけど。声変わりしてから、うまく歌えなくなっちゃって」

「そっか、そうなんだ」

納得してくれたのかと思いきや。

渡瀬さんは、おれの手をパッととった。

「ハルト、ちょっと立ってみて」

ドギマギと、手をひかれるがまま立ちあがる。渡瀬さんはおれより五センチ以上背が低く、ならんで立つと見おろすような感じになった。

「ひじを曲げて、両うで、ぐるぐるまわしてみて」

言われたとおり、ぐるぐるまわす。心臓はドキドキうるさいけど、肩の力は抜けた。

「ハルトって、何か運動やってた?」

「あ、うん。小学校では、バスケ」

「そっか！　骨格、ちゃんとしてそうだなって思ってたんだよね！　声もよく通る感じだし、腹筋もありそう！」

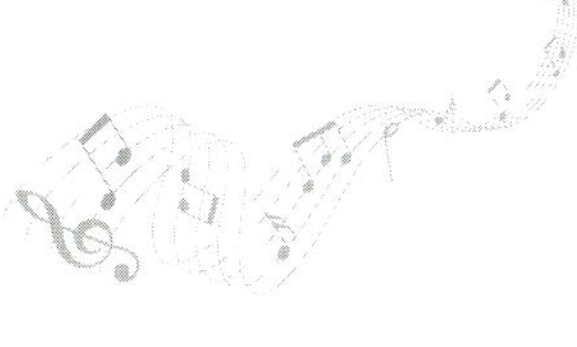

よくわからないけど、とりあえず褒められたようでちょっとうれしい。渡瀬さんは左右からおれの身体を観察する。

「姿勢もいいよねー。足は肩幅にひらいて、頭の上から糸でつられているイメージで少し胸をはってお腹をひきしめて……そうそう、バッチリ！」

なんだかよくわからないが、言われるがまま姿勢を整え、バッチリになった。

「今から声出すから、それ真似してみて」

渡瀬さんが、アー、と声を出す。高すぎず低くすぎずといった音程。

「ほら、早く早く！」

急に歌うなんて恥ずかしい。けど、渡瀬さんにこんなふうに言われてやらないのもまた、カッコ悪い感じがする。

おれは、大きすぎず小さすぎずといった声量で、真似して声を出した。幸いにも、声がひっくりかえることはなかった。

「ハルト、腹式呼吸ってわかる？」

「あ……うん。音楽の授業でもやった」

「今の声だと、地声になっちゃってるのね。のどじゃなくて、お腹を意識して声を出せる？」

バスケの練習で、コーチに「腹から声を出せ」と言われていたのを思い出す。お腹から声を出したほうが、遠くまでとどくからって。

お腹を意識して、もう一度、アーと声を出した。

「あ……」

さっきよりも、たしかに声が響いた。しかも、安定していたような気もする。

「いいねいいね、できるじゃん！　じゃあ、歌ってみよう！」

「え!?」

渡瀬さんは、足もとにおいてあったスクールバッグから、タブレット端末をとりだした。何やら操作し、ひらいたのは動画サイト。

「ハルト、何か歌える曲ある？」

「いやその、おれ歌は下手で……」

「小学校で習った歌でもなんでもいいよ」

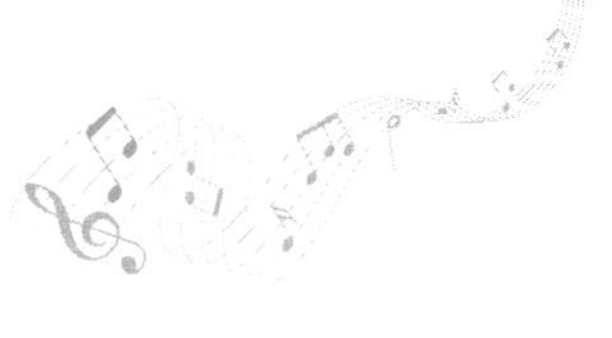

にこにこしている渡瀬さんをむげにもできず、頭をひねる。

「それなら……『蛍の光』とか。卒業式で歌ったんだけど」

「あ、いいね！　卒業式の定番だよね！」

「高いところは、全然歌えなかったんだけど……」

以前のように笑われるのがイヤで、卒業式では高いところは口パクをしてしまった。

自分でもカッコ悪いとは思ったけど、それ以外にどうしようもなかった。

「それなら、ハルトはムリしないで、オクターブさげたら？」

「そんなことしていいの？」

音楽って、楽譜のとおりじゃないとダメなのかと思ってた。

「それでハルトが気持ちよく歌えるなら、全然いいと思うよ」

渡瀬さんが動画サイトを操作し、聞きおぼえのあるピアノの前奏が流れはじめる。

大きく息を吸いこんで、渡瀬さんが歌いだす。

――♪蛍の光　窓の雪

渡瀬さんの声は明るく響き、やっぱりとってもきれいだ。

つい聞き惚れていたら、早く、と言うように目配せされる。おれにも歌えってことらしい。

緊張で脈が速くなる。気になる子の前で、カッコ悪いところは見せたくない。それでも、ここで歌わないのもまたカッコ悪い。

カッコ悪いの天びんをぐらぐらさせつつ、渡瀬さんに言われたとおりの姿勢を意識し、おれも息を吸った。

――♪ふみよむ月日　重ねつつ

渡瀬さんの声よりオクターブ低い、自分の声が重なる。同じ音なのに、渡瀬さんの声と自分の声はまったくちがう。お腹を意識して歌ってはみたものの、おれの声は、渡瀬さんの声みたいにまっすぐ伸びないし、透明感があるような響きもない。低い音は低い音で、あんまりうまくとれていない気がする。

それでも、なんでだろう。

声が重なっただけで、むしょうに胸がぐっとした。

距離が、心が少し近づいたような、そんな感覚。

　一番のおわりに差しかかると、渡瀬さんはさらに声を高くした。今度はおれとはちがう音を歌っている。

　……すごい、すごい、すごい。

　渡瀬さんの声は、おれの声とハモっていた。

　ハモるのって、こんなにきれいなんだ！

　感動だか興奮だかわからない感情で、耳の先まで熱くなっていく。下手だと思いながらも、そんな感情に背中を押されておれは歌いつづけた。おれのメロディに渡瀬さんの高音が乗っかり、きれいにハモって中庭いっぱいにひろがっていく。

　最後の和音が奏でられ、おれは息をとめた。

「――すごーい！」

　渡瀬さんは、今日一番の笑顔になって手をたたく。

「ハルト、すっごく歌えるじゃん！　楽しかったね！」

　まだ耳の先が、顔が熱い。

　おれの歌なんて、まったく上手じゃなかった。それでも。

歌えた。ハーモニーになってた。

歌は苦手だったのに。こんなふうに歌えて、やってみればできることもあるのかもしれない、と自然に思えた。うじうじしてばかりいてもしょうがない。父さんのことばかり気にしていてもしょうがない。

おれも、渡瀬さんみたいに前むきになりたい。

渡瀬さんはパッとおれのほうを見た。

「歌って楽しいよね」

「だよねだよね！」

その言葉に、すなおにうなずく。

渡瀬さんはうれしそうにくしゃりと笑い、「ハルト、あのさ」と正面からおれを見すえた。

「よければサークル、いっしょにやらない？」

「え!?　いやでも、おれじゃ……」

「ハルト、いい声してた！　練習したら、ぜったいにうまくなる！」

運動部に入るのがあたり前。

不純な動機で部活動を決めてはいけない。

そんなことが脳裏にうかんでこたえられずにいたら、渡瀬さんはつづけた。

「いっしょに歌おう！」

中学では、何か新しいことをはじめてみたかった。ちがう自分になってみたかった。

さっき、渡瀬さんの声とおれの声が重なって、きれいなハーモニーが生まれた。それはおれがこれまでまったく知らなかった、胸がふるえるような、新鮮な体験だった。

それに、何よりやっぱり。

不純でもなんでもどうしようもなく、おれはこの子と、もっと仲よくなりたかった。

「渡瀬さんみたいに、上手に歌えるかは、わからないけど……それで、よければ」

すると、渡瀬さんはパッと両手を前に出しておれの手をにぎった。

「やったぁ！」

つかまれた手をぶんぶんとふられ、またじわじわと体温があがっていく。

渡瀬さん、人なつこい子なんだな……。

「これからよろしく、ハルト！」

「こ、こちらこそ……」

「あ、あと！」

渡瀬さんは、パッとおれの手をはなした。

「『渡瀬さん』とか、超カタいし。『アユミ』って呼んでいいよ！」

女子、それも気になる女の子を下の名前で呼ぶとか、してもいいの？

身体は熱いし手はふるえかける。けど、カッコ悪いところは見せたくない一心でどうにか平静をよそおい、おれはこたえた。

「じゃあ、アユミ、で」

「うん！」

けど最後にはどうしようもなくて、おれは口もとを手でおおって隠した。

♪　♪

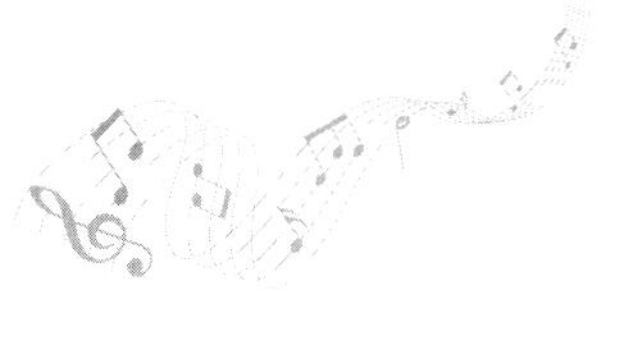

ひと晩たっても、気持ちはふわふわしたまま。

渡瀬さん――アユミと二人で、サークルを作ることになった。たくさん手もにぎった。

これ、もしかしていい感じだったりする……？

アユミとは、昨日のうちに連絡先を交換して、夜にはメッセージアプリでやりとりもした。アユミはメッセージもスタンプもかわいらしくて、思わずスクショしてしまった。

ついゆるんでしまう顔を冷たい水で洗い、なんでもない表情を作って身支度を整え、おれは会長といっしょに登校した。千葉都市モノレールのホームで列車を待っていたら、会長がふと聞いてくる。

「昨日、部活見学は行った？　よさそうな部活あった？」

「あー……あんまり、見られなくて」

「そっか。今日はおれもついてこうかな」

わくわくした顔をする会長に、おれはあわてて伝えた。

「じつはその、おれ、サークルに入るかもで」

「サークル？　あ、何かマイナーなスポーツでもやるの？　そういうのもアリかもね」

合唱サークル、とは言いだせないまま、モノレールの車両に乗りこみ、都賀駅で下車した。スクールバス乗り場のある、駅前のロータリーについたところ。

「ハルト！」と声をかけられて心臓がはねた。

「おはよ！」

アユミだった。今日も今日とてとっても愛らしく、おれはドギマギして「はよ」とかえす。

「サークルのこと、放課後に先生に聞いてみようと思うんだ。ハルトも来られる？」

「あ……うん、わかった。行けると思う」

「よかった！　約束だからね！」

バス停のそばに友だちがいたらしい。「じゃーね！」と手をふってアユミは駆けていった。

ほわほわした気持ちをますます強くしてその後ろ姿を見送り、それからハッとする。

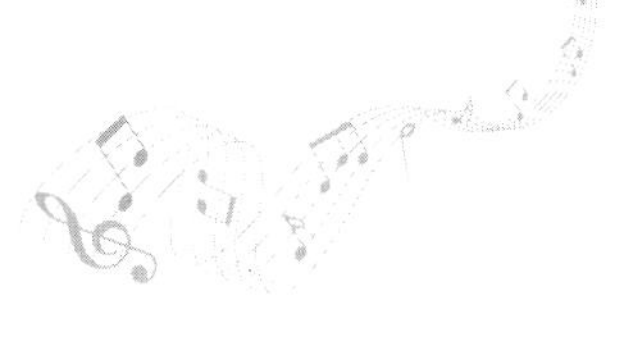

となりの会長が、じと目になってこちらを見ていた。

「……何？」

なんだか急に恥ずかしくなって、そっけない口調になってしまう。

「ハルト、あいつと仲よくなったの？」

あいつ、というのはアユミのことだろうか。会長はどちらかというと女子が苦手だ。

なのに、いきなり「あいつ」呼ばわりだなんて、あまりにらしくない。

「あいつって、アユ――渡瀬さんのこと？」

「そう。三組の女装男子」

「……は？」

言われた言葉をすぐには理解できず、固まった。

「さっきの、三組の渡瀬だろ。男子だけど女子の制服着てきてるって、噂になってる」

「は？　え？」

女装……女装？

今すぐ「女装」の二文字を辞書でひきたい。けど、そんなことをしなくても、意味は十二分にわかってた。女装は女の格好をしている男ってことで……つまり、つまり？

その先は考えたくない。だって、なんで⁉　あんなにかわいいのに⁉　おかしいだろ⁉

内心パニックにおちいっていると、会長が畳みかけてきた。

「っていうか、ハルト、もしかして渡瀬とサークル作るの？　それ、なんのサークル？」

「……合唱」

「はあああ？」

その大きな声にびっくりする。

「え、何？」

「ありえない！　そんなの全然カッコよくない！」

会長は太い足で地団駄をふみ、顔を赤くしておれをにらむ。

「ハルトは運動部じゃなきゃダメだ！　そんなのもったいない！　おれはヤだ！」

そして、会長はバス停のほうへドスドスと駆けていった。

2曲目 残酷な天使のテーゼ

もう、気分は最低サイアクだった。

あのあと、会長はムスッとしておれとは口をきかないまま登校。教室についてもおれをムシしたままで、ケンカのような状態になってしまっている。

カッコよくないとか、意味わかんないし……。

会長がおれのファンを自称していることは容認してきた。何かと応援してくれるのも、ありがたいとは思ってる。

でもだからといって、おれがやる気になってることを、あんなふうに否定する必要ある？

それに……それに、何より大問題なのは！

アユミが、男子だったってこと。

近くの席のクラスメイトに、さりげなく聞いてみた。三組の渡瀬と名前を出すと、すぐにこうかえってきた。

「あの女装男子？」

会長が『噂になってる』と言っていたのは本当のことだったらしい。ショック、なんて言葉じゃもう言いあらわせない。これでもかとドキドキして胸をキュンとさせていた、おれの一週間はなんだったのか。

アユミが女子でない——まだ信じられないけど——のであれば、おれが合唱サークルに入る意味ってあるんだろうか。それこそ、会長と仲たがいしてまで。って、これじゃあ、おれは不純な動機のみで合唱サークルをやろうとしていたってことでしかなく、それこそカッコ悪いにもほどがある、けど……。

放課後になると、会長はおれに声もかけずに教室を出ていった。丸い背中を見送って、どうしたものかと悩んでいたら。

「ハルト！」

明るい声で名前を呼ばれ、うっかり胸がドキンとしてから猛烈に胃が痛くなる。

教室の入口で、アユミがこちらに手をふっていた。今日も今日とてとってもかわい

らしく、おれの胸中はもう複雑きわまりない。

けど、そんな姿を見て、唐突に気がついてしまった。

アユミはべつに、悪いことなんて何もしてないんだよなぁ、と。

アユミはおれに、自分が女だとはひと言も言っていない。むしろ、みんなが噂しているくらいなのだ。おれもアユミのことを男だと承知していると考えたうえで、接していた可能性のほうが高い。なのに、何も知らなかったおれが、勝手に女子だと思いこんでドキドキした。

アユミは悪くない。かんちがいしていたおれが悪い。だったら、いっしょにサークルを作るって約束は、守るべきなんじゃないか？

心のなかで覚悟を決め、おれは深呼吸して席を立つと、アユミのもとへむかった。

「むかえにきちゃった」

なんて笑うアユミは、やっぱりかわいかった。本当にもう、どうしようもないくらいにかわいくて、しまいには泣きたくなってくる。こんなにかわいいのに、おれと同じモノがついてるとかナシだろ……。

「担任の先生に、サークルのこと、誰に聞いたらいいか教えてもらったんだ。それで――」

「ごめん！」

おれは、アユミの言葉をさえぎった。

「じつはその……今日、用事、できちゃって」

「あ、そうなんだ。それならしょうがないね。残念」

アユミは肩をすくめ、あっさりとひく。そのことにまた、申しわけなさがつみかさなる。

けど、もうちょっとだけ、気持ちを整理する時間がほしかった。

「明日は、大丈夫だと思う」

「わかった！　じゃあ、サークルの作り方、おれが先生に確認しておくね！」

また明日ねー、と手をふるアユミに、ひらりと力なく手をふってかえす。アユミはスカートのすそをひるがえし、パタパタと廊下を小走りで去っていった。

……アユミの一人称、「おれ」だったな。

女子で自分のことを「おれ」って言う子、いるのかな。「ぼく」って言う子は小学

校時代にいた。なら、「おれ」もあり？　いや、そもそもみんなに女装って言われてたし……。

ぐるぐる考えて、おれは教室のドアにもたれかかった。

失恋って、こんな気持ちなのかもしれない。

用事があると言った手前もあり、その日、おれはまっすぐ帰宅した。新入生の勧誘で放課後の学校はどこもかしこもにぎやかで、一人塩漬けな気分の自分だけとりのこされているように感じた。

帰りのモノレールの車内で、朝はうかれてふわふわしていたのを思い出す。急転直下って、こういうときに使う言葉なのかもしれない。中学生になったし彼女ができたりするのかも、なんて頭に花が咲いたようなことまでひそかに考えていた自分があまりに遠い。

そうして、とぼとぼと帰宅すると。

「おかえりー」

リビングに父さんがいた。背の高い父さんがいると、家のなかがちょっとせまく感じる。

「ただいま。会社は？」

かつてオリンピックに出場したこともある父さんだけど、今は会社員として働いている。自分が所属していた会社の陸上部の指導なんかも、たまにやったりしているらしい。

「今日は午後半休。有給がたまってるから消化しろってさ」

ははっと笑ったその口から白い歯がのぞく。生まれてこの方、一度も虫歯になったことがないのが父さんの自慢の一つだ。

「学校はどうだ？　私立だと、またちがった感じか？」

「どうって言われても……まぁ、校舎はきれいだよ」

さっさと部屋にこもって失った恋について一人で考えたかったのに、父さんはどうやら息子とふれあいたいらしい。こういうときに助け船を出してくれる母さんは、残念ながら今日はパート勤務の日だ。

父さんが職場でもらってきたどら焼きがあるというので、おれは渋々制服から着がえたあと、リビングにもどった。テーブルに出されたどら焼きをすなおに食べていたら、父さんが緑茶を淹れてくれた。

「部活は決めたのか？　若松一中は、陸上も盛んだよな」

「……らしいね」

「まぁ、ハルトはどの部でも活躍できそうだけどな。陸上じゃなくて、小学校のときにやってたバスケでもいいし。やりたいことがあれば、なんでもいいからな」

本音では自分と同じように陸上をやってほしいけど、寛容な父親でありたいから、陸上部じゃなくてもいい、とか言うんだろうな――なんて、かわいくないことをつい考えてしまう。

そして、会長の言葉を思い出した。

『ハルトは運動部じゃなきゃダメだ！』

会長も父さんも、おれが運動部に入るのが当然だと思ってる。おれも、ちょっと前まではそんなふうに考えてた。スポーツはキライじゃないし、まぁいっかって。

けど、なんでだろう。そのことに、今はどうしようもなくもやっとする。

決めつけられること。お前はこうであれと言われること。「もったいない」とか言われること。

そういうのって、まったく自由じゃない。

『自分でサークルを作るよ』

まっすぐに宣言したアユミは、とってもカッコよかった。めげずに自分のやりたいことをつらぬくのって、本当にすごいことだ。

あんなふうに、なれたらいいのに。

父さんとなんでもない話をし、三十分くらいしたところで母さんが帰ってきて、おれはすきを見て自分の部屋にさがった。


——なお、その日の晩。

会長からメッセージがとどいた。《明日の朝は、一人で学校に行く》とのこと。

まだ怒っているようで、理不尽だと思いつつも気持ちがしずんだ。

そしてそのあと《明日はよろしく！》とアユミからもメッセージがとどき、ベッドで一人悶絶した。

♪
♪

その翌日、会長は連絡してきたとおりいつもの待ちあわせ場所にはおらず、教室でもひきつづきおれに話しかけてこなかった。そのかたくなな態度はあまりにあからさまで、「ケンカでもしたの？」とクラスメイトにまで心配されてしまう。

教室では気まずい空気のままとろとろと時間が過ぎ、ようやく放課後。おれが声をかけようか迷っているうちに、会長は今日も教室から一人出ていってしまう。

幼稚園時代からなので、会長とのつきあいは長い。小さなケンカならこれまでだってたくさんしてきた。それでも、こんなふうに口をきかないまま二日もたったのは、はじめてじゃないだろうか。

おれが運動部に入らないとして、それはあくまでおれの問題だ。なのに、なんで会長がこんなふうになるんだろう。考えれば考えるほど、知っているつもりでいた会長のことがわからなくなってくる。

「ハルト！」

ぼんやり考えこんでいたら、昨日と同じようにアユミが顔をのぞかせた。

ここにもまた、おれにはよくわからない人がもう一人。

おれは静かに深呼吸して、「今行く！」とこたえた。

適当な教室で話をできないかと思ったが、一年生の教室のある北校舎は新入生を勧誘しようと待ちかまえている上級生だらけ。天気もよかったので、一昨日と同じく、おれたちは中庭に行くことにした。

すみにあったベンチにならんで腰かけるなり、アユミがにこにこと話しだす。

「昨日、先生にいろいろ話、聞いてきたんだ」

そんなアユミを、おれはとっさにとめた。

「あの、さ。一つだけ、先に聞いてもいい？」

自分からこう切りだしたものの、むちゃくちゃ本題に入りにくかった。でも、昨晩ベッドのなかでこれでもかと考えて、決めたのだ。

考えてわからないことは、聞いてみようって。

「もしかしたら、おれ、すごく失礼なこと聞くかもしれない。ごめん。もしこたえたくなかったら、こたえなくてもいいから」

アユミはきょとんとして目をパチパチしたものの、コクリとうなずいた。

「アユミって……女の子になりたいとか、そういう感じ、なの？」

少し前に、テレビのニュースで、ジェンダーレス制服についての特集を見た。いろんな事情があって、スカートをはきたくない女の子の声が紹介されていた。痴漢が怖いとか、防寒のためとか、いかにも女子っぽい制服に違和感があるとか、本当に事情はさまざま。

それを思い出して、アユミのことを考えたのだ。

アユミにも、何か事情があるのかもしれないって。

それで、例えばもし、アユミが女の子になりたい男の子だとしたら。それってつまり、心は女の子というわけで。心が女の子なら、おれが意識してしまったのもおかしなことじゃなかったのでは……とかとかとか。

ぐるぐるぐるぐる考えて、そういう事情があるのなら、女装男子、なんて言葉でかんたんにくくるのはよくない気がした。でも、本当のところはわからない。それなら、聞いてみるしかないんじゃないかと思ったんだけど。

アユミは、噴きだすように笑った。クスクス笑って、おれを見かえす。

「すっごい真剣な顔で聞いてくるから、何かと思っちゃった！」

アユミはまだ笑っている。おれは困惑のあまり、どう反応したらいいのかわからない。

「あ、ごめん、笑ったりして」

アユミはスーハーと深く息を吸ってはいて、呼吸を整えた。

「ハルトが思ってるような、深刻な理由、みたいなのはないから」

「そう、なの？」

「おれ、すごくかわいいじゃん？」

自分でそれを言うんだ、とは思えど、すなおにうなずく。アユミがむちゃくちゃかわいいのは、まぁ事実だ。

「だから、かわいくいたいっていうか。小学生のころからこんな感じ。お姉ちゃんに、いつもいろいろアドバイスしてもらってるんだ。——けど、おれの学区の公立中学、男子は学ランしかダメって校則で。それで、おれがかわいい制服を着てもいい私立の学校を探して、若松一中に入学したってわけ」

「なるほど……」

「おれはかわいいし、かわいくいるのが好き。だからこういうカッコしてるだけ。でも、女の子になりたいとかはないよ。おれはおれだし。『女装』とか言われてるのも知ってるけど、おれのこれは女装じゃない。女のカッコをしたいんじゃなくて、かわいいカッコがしたいだけ。かわいい男子がいたっていいでしょ？」

　男らしいとか女らしいとか、そういうのはイマドキじゃないってよく言われてる。かわいい男子がいてもいいかと問われたら、もちろんいいに決まってる。

「かわいいのが好きだっていうのは、わかったよ。……そういうの、親は反対しなかった？」

ついそんな質問をしてしまう。もし、おれがかわいい格好をしたいと言いだしたら、自分の親がどんな反応をするのか、まったく想像できなかったのだ。

アユミは考えるような顔になってからこたえた。

「最初は、お父さんは大反対だったかな。男子なんだからスカートはおかしいって。お母さんは、おれがそういうのが好きなことはわかってたけど、学校でいじめられたりするかもしれないからって心配して反対してた。あ、お姉ちゃんだけは味方してくれたけど」

やっぱり、最初は反対されたのか。

「でも、おれはかわいくない格好で出歩くの、超イヤだったからさ。家を出てから公園のトイレで着がえて学校行ってて。そういうのがそのうちバレて、親が根負けした感じ」

「それ、いつの話？」

「小二、かなぁ」

自分が小学二年生だったころのことを思い出してみる。親にそんなふうに反抗するとか、考えもしなかったような。

「今は、家でもこれがおれのふつうってことになってるよ。だから、ハルトもおれに変に気とか、つかわなくていいからね。何か事情があるんじゃないかって、気にしてくれたんでしょ？」

「いや、それは――」

「ありがと！」

にこりと笑われ、罪悪感で胸の奥がギュッとする。

アユミが言うような、気づかいゆえの質問じゃなかった。おれはただ、自分の気持ちを、恋心を整理したかっただけ。なのにお礼まで言われてしまうと、もう本当に申しわけない。

とはいえ謝るわけにもいかず、「こっちこそ、ありがとう」とかえした。

「教えてもらえて、納得した。それに……やっぱアユミって、すごいなって」

「すごいって、何が？」

「好きなものに対して、正直なんだなって」

「ハルトはちがうの？」

まっすぐに聞かれ、言葉につまる。

「おれは……親とかに、気をつかっちゃいがちだから」

歌にしても、かわいいへのこだわりにしても、アユミはいつも一貫しているように思えた。そういうの、あらためて尊敬する気持ちになる。

しょっぱい気持ちはもちろんまだある。でも、このままいい友だちになれたらいいのかもしれない。気持ちを切りかえよう。

そのとき、ふと気がついた。

「もしかして、合唱部に入部拒否されたのって……」

「そう！　男子だからダメって！」

入学式でのことを思い出す。合唱部が新入生に贈る歌を一曲披露したのだけど、壇上にあがった合唱部のメンバーには、見事に女子しかいなかったのだ。

「伝統的に女声合唱しかやってないから、男子はダメなんだって。おれ、ソプラノも

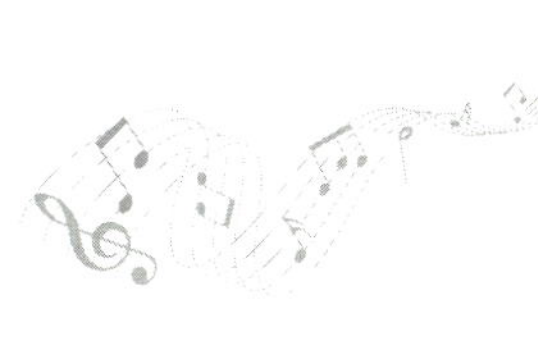

アルトも全然歌えるのに！」

「たしかに、アユミの声、すごく高いよね」

そのおかげで、おれはアユミが男子だなんて思いもしなかったわけだけど……。

「そのパートの音域を歌えれば、男性が女声合唱にまざったり、女性が男声合唱にまざったりするのも全然アリなんだよ。なのに性別で区切るなんて、古いっていうかなんていうかさー……」

アユミはぶつぶつ言って、けどすぐにパッと顔をあげた。

「ま、サークルは自分で作るからいいんだけどね！」

そして、アユミはサークル作りについての話題にもどした。

「サークルの設立要件は、とりあえず二つ。会員が五人、それから顧問」

アユミはスクールバッグから書類をとりだし、こちらに見せた。

申請書類は数枚あり、そのうちの一枚に『会員名簿』と書かれた用紙があった。一番上の行に、きっちりした楷書で『渡瀬歩実』とすでに記入してある。習字のお手本みたいにきれいな字で、思いがけずドキリとしてしまう。いや、字がきれいで感心しただけなんだけど！

「一応確認だけど、ハルトは入ってくれるってことでいいの？」

上目づかいにそう聞かれ、おれはしっかりうなずいた。

「約束したし」

アユミが女子じゃないなら、と思いかけたりもした。けど、アユミの歌を聴いて、いっしょに歌って、感動したのは本当のこと。それに、新しいこともはじめたかった。運動部に入るのがあたり前のように思われているのも、なんかちがうと思ってた。それならと、覚悟は決まった。

「やってみる」

アユミはにこりとし、それから思いついたように聞いてくる。

「ハルトの友だちで、合唱に興味ありそうな人とかいない？　いつもいっしょにいる、身体の大きな友だちは？」

身体の大きな、で会長のことだとすぐにわかり、思い出して胃がにぶく痛む。

「会長は——あ、会長っていうのは、その友だちのあだ名なんだけど。どうだろうなぁ……」

会長が好きなものを考えてみる。

親の影響で見るようになったという、アニメやマンガ。

それから、ファンクラブの活動だという、おれの応援。

こんなにつきあいが長いのに、会長のこと、なんにも知らないような気がしてきた。

「誘ってみたらどうかな？」

「それがその……」

もごもごしていたらアユミに顔をのぞきこまれ、距離の近さにドキンとして身体をひく。

「じつは、昨日からちょっと、ケンカみたいな感じになってて」

ポツポツと、かんたんに事情を説明する。

おれが合唱サークルに入るつもりだと知るなり、『ありえない！　そんなの全然カッコよくない！』なんて急に怒りだし、そのままになっていること。

「正直、おれもなんであそこまで怒ってるのか、全然わかんなくて」

アユミは考えるような顔になった。

「会長くんは、カッコいいハルトが好きなんだね」

好き、なんて言葉にまたしてもドキッとしてしまう。

「いやいや、会長は友だちだし！　そんな『好き』とか……！」

「『好き』にもいろいろあるじゃん。友だちに対する『好き』も『好き』でしょ？」

「あ……うん、そうだね」

うっかり動揺した自分が情けない。

「ハルト、小学生のころは、バスケ部だったんでしょ？　バスケをやってるハルトが好きだったとか、そういうことじゃないのかな」

それなら、わからなくもない。会長は、ファンクラブの会長を名乗ってるくらいだし。

「会長は、応援するのが好きなんだと思う。バスケじゃなくて、運動会とかでもいいみたいだし。なんか、おれの『ファン』なんだって。ファンクラブの会長だから、あだ名が会長なんだ」

「へー、ファンか。ハルト、カッコいいもんねー」

さらりと言われた「カッコいい」に、こりずにまたドキドキッとしてしまって内心ヘコむ。アユミは友だちなんだから、と自分に何度も言いきかせる。

「ハルトは、会長くんと仲なおりしたい？」

「もちろん」

「合唱サークルには、本当に入る？　会長くんがイヤがってても？」

「それは……もう、決めたことだし」

「そっか。じゃあ、」

アユミはスッと立ちあがり、両手にこぶしを作った。

「会長くんに、サークルのこと認めてもらおうよ。ようは、会長くんが好きな、カッコいいハルトを見せればいいってことでしょ？」

「いやでも、カッコいいって、どうやって？」

「そんなの、決まってるじゃん」

アユミはその場でくるりとまわり、自分の胸に手をあてた。

「こういうときのために、歌があるんだよ！」

♪
♪

アユミとそんな話をしてから五日後。

週明けの月曜日でもあるその日の朝、おれはここ最近ずっとそうしているように一人で登校し、そしてまっすぐに会長の席へむかった。最近、おれより早く登校している会長はもう教室についていて、自席で背（せ）を丸めるようにして本を読んでいた。ライトノベルらしい、アニメっぽいイラストの表紙が見える。

「おはよう」

あいさつすると、会長の肩（かた）がビクリとした。けど、会長は本から目をあげない。

会長との冷戦がはじまって、もう七日目。ケンカがこんなに長びくとは思っておらず、話しかけるだけで勇気がいった。

相手は、誰（だれ）よりもつきあいの長い友だちのはずなのに。

「会長に、頼(たの)みがあるんだ」

会長がようやく顔をあげてくれる。その丸い目を、ひさしぶりに正面から見た。

「今日の放課後、時間ある？　ひさしぶりに《カンタービレ》に行きたいんだけど」

「……今日？」

「今日。藤子(ふじこ)さんには、もう話してある」

会長はもごもごと何かつぶやいたあと、小さな声で「べつにいいけど」とこたえ、そして手もとの本に目をもどした。

おれは自席にスクールバッグをおくと、すぐに教室を出た。となりのとなり、三組の教室をのぞくとアユミはもう来ていて、あいさつもそうそうに「OK(オーケー)もらえた」と報告(ほうこく)する。

「ホント？　よかった！」

アユミは右手にグーを作ってこちらにつきだした。

「がんばろうね！」

「うん」

おれも右手にこぶしを作って、グータッチ。コツンとこぶしがぶつかって、胸の奥が静かに熱くなった。

そわそわしたまま午前、午後と授業を受け、いよいよ放課後になった。会長はすぐに席を立ち、おれの席まで来て「現地集合で」と言うと、駆けるように教室を出ていった。

おれは三組のアユミをむかえに行き、ふたりでいっしょに学校を出る。

「アユミ、本当に一度家に帰らなくて大丈夫？」

「うん。おれんち、逆方面だから家に帰ると時間かかっちゃうし。親にも寄り道するって伝えてあるから平気。それに、ハルトの親戚の家みたいなものなんでしょ？」

「いや、おれじゃなくて、会長の親戚なんだけど……」

スクールバスで都賀駅まで行き、そこから千葉都市モノレールに乗って自宅最寄りの作草部駅で下車した。おれも家には寄らず、制服姿のままその店へむかう。

カラオケスナック《カンタービレ》。

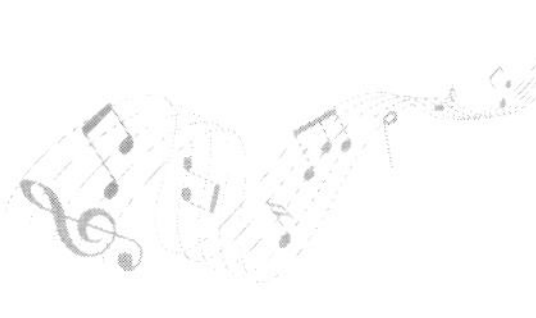

年季の入った雑居ビルの地下一階にある、いかにも昔ながらのスナックといった雰囲気の店だ。『CLOSE』の札がさがっている重たいドアを押しあけると、カウベルがカランカランと鳴り、「いらっしゃーい」という声にむかえられた。

「ハルトです。今日はありがとうございました」

酒瓶のならんだ棚をバックにしたカウンターから、藤子さんが顔を出す。藤子さんは五十代後半くらいの女性。バッチリ決めたメイクにふわふわパーマの短い髪、今日はまっ赤なスーツという格好だ。

藤子さんは「ハルトくんの頼みだしね」と語尾にハートマークをつけるような口調で言い、おれのうしろにいるアユミに目をむけた。

「彼女？」

「ち、ちがいますよ。友だちつれてくって言ったじゃないですか！」

「えー、またまたー、照れちゃって」

「ホントにちがうし！　男子だし！」

藤子さんはつけまつげでバッチリの目をパチパチしてアユミを見ると、「こんなにかわいいのにイチモツがあるの？」なんてサイテーな聞き方をした。アユミは気にした様子もなくうなずく。

「渡瀬歩実です。今日はよろしくお願いします！」

そんな感じで、おれとアユミは藤子さんに通され、L字型のソファに腰かけた。天井の低い店内はミントグリーンの壁紙で、カウンター席とソファ席があり、すみのほうには小さなお立ち台みたいなステージがある。壁ぎわにはナゾの置物がならんでいて、天井にはミラーボール、そして奥には大きなモニターとカラオケマシン。ここに来るのは二か月ぶりくらいだけど、あいかわらずごてごてしていてカオスだ。

藤子さんが水のグラスとおしぼりを出してくれ、ありがたくいただいた。カウンターの丸いすに腰かけた藤子さんに、アユミが聞く。

「藤子さんは、丸本くんの伯母さんなんですよね？」

小皿に出したナッツをつまみつつ、「そうそう」と藤子さんはこたえた。

「甥っ子たちにいい遊び場を提供してやってる、やさしーおねーさんでしょ？」

会長の両親は近所でレストランを経営していて、日中は家にいないことが多い。そこで、会長は小学生のころは放課後になると、伯母の藤子さんが経営しているここ、カラオケスナック《カンタービレ》によく預けられていた。おれもたまについていっていたので、藤子さんのことはよく知っている。

《カンタービレ》の営業は夜七時から。仕込みのジャマさえしなければ、開店時間までは基本的に好きに過ごさせてもらった。カラオケ設備があり防音がちゃんとしているので、受験勉強も意外とはかどった。そして、会長は勉強の息抜きに、よくアニソンを歌っていた。

そんな場所なのもあり、今日はおれがお願いをし、使わせてもらえることになったのだ。

おれはそわそわして水をちまちま飲み、一方のアユミはもう藤子さんに慣れたようだ。ミラーボールの使い方を教えてもらっていて、店内がきらめく。

そうして待つこと少々、入口のカウベルが鳴った。

「……ハルト、来てる？」

一度家に帰ったらしい、私服に着がえた会長が顔を出す。藤子さんが「いらっしゃい」と声をかけ、それからパッとソファから立ったアユミが手をあげた。

「会長くん、はじめまして！」

会長はたちまち顔をゆがませ、「帰る」とあけたばかりのドアをしめようとする。

おれもあわてて席を立ち、ドアを押さえた。

「せっかく来てくれたのに！」

「どうせ、そいつと二人で、おれのこと説得しようとか、そんなつもりだったんだろ」

おおむね会長の読みはあたっている。けど、そんな会長のうでをアユミもつかんだ。

「五分！　五分だけでいいから時間ちょうだい！」

そして、アユミは会長のうでをひき、すみのステージに立たせた。

藤子さんがどこからかマラカスを出し、「イエーイ」とふる。

「おばさん、なんなのこれ！」

「藤子さんとお呼び！　アタシは事情は知らないけど、そこに立った人間は歌うしかないんだよ。ほら、マイクをとりな！」

藤子さんはとってもノリがいい。もともとふつうのスナックだったこの場所を知りあいからゆずりうけ、カラオケ設備を整えたのも藤子さんだと聞いている。

会長もそんな藤子さんには弱く、文句を言いたげな顔でマイクをとる。その直後、アユミがリモコンを操作した。

「――こういうときのために、歌があるんだよ！」

あの日、そう言ったアユミが提案したのは、会長といっしょに歌うことだった。

「会長くんがカッコいいと思ってくれるような、そんな歌を歌おう！」

正直なところ、会長が何をカッコいいと思うのか、おれにはよくわからなかった。

そこで、アユミとあれこれアイディアを出しあった。

音楽の授業くらいでしか合唱のことを知らなかったおれは、アユミと歌ってきれいな和音になったとき、すごく感動した。そういうのを聴かせられたら、会長の気持ちも少しは変わるんじゃないかと考えた。

一方のアユミは、会長が好きなアニメにまつわる歌はどうかと提案してくれた。

「アニソンにはカッコいい曲も多いし、合唱用にアレンジされている楽譜もたくさんあるよ」

こうして動画サイトでアニソンを中心に選曲し、翌日にはネット注文して買ったという楽譜をアユミが持ってきてくれた。千円程度でオンラインで楽譜を買うことができ、自宅で印刷までできるなんて知らなかった。

「ハルトって、楽譜、読めるんだね」

アユミに感心され、小学生のころ、音楽の授業も手を抜かずに受けていてよかったと心底思った。学校で勉強したことは、どこで役に立つかわからない。

こうして、動画サイト上にあったカラオケ用の音源を使い、先週、おれたちはひそかにこの曲の練習をしたのだった。

モニターに表示された曲名は、『残酷な天使のテーゼ』。

会長がこれでもかと目を丸くする。カチ、カチ、カチ、というメトロノームのような音ののち、前奏もなしに曲がはじまる。

最初に歌いだしたのは、いつの間にかマイクを手にしたアユミ。

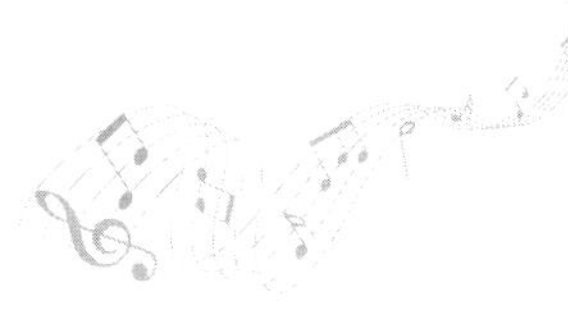

――♪残酷な天使のように　少年よ　神話になれ

入りは静かに、けどすぐにアクセルを踏んだように、アップテンポな伴奏がはじまる。

『残酷な天使のテーゼ』は、一九九五年にテレビアニメの放送がスタートし、その後、何度も映画が公開されている人気作品『新世紀エヴァンゲリオン』の主題歌だ。

親世代が子どものころに流行った曲ではあるけど、不朽のアニソンとして今でも人気が高く、おれも知っていた。なぜなら、アニメ好きが興じてアニソンにもくわしい会長が、ここでよく歌っていたからだ。

藤子さんが「イエー！」とマラカスをめちゃくちゃにふる。アユミはマイクを手に駆けていき、ステージ、会長のとなりに立った。

「会長くん、いっしょに歌おう」

「え、は？」

「ハルトもいっしょに歌うから！」

「はぁ？」

呼ばれたおれも藤子さんからマイクを受けとり、ステージに乗った。せまいステージは三人立ったらもうぎゅうぎゅうだが、おれとアユミは左右から会長をはさむように立ち、そしてマイクをかまえた。

声は地声にならないように、お腹を意識し、口をあけるときは上あごをあげるイメージで。

——♪蒼い風がいま　胸のドアを叩いても

歌うときは視線は前、声は遠くに飛ばすイメージで。

ポカンとしたような表情で、となりの会長がおれを見ていた。見られている顔の左半分がじわじわと熱くなってくるけど、恥ずかしいとかそういう感情にはフタをして歌いつづける。

会長もよく知っている曲だし、それをおれが今さら歌っても、と最初は思った。けど、『だからこそだよ』とアユミは言った。

『好きな曲を歌ってもらえたら、うれしくない?』

アユミの高い声とこの曲はとてもあっていて、聞くたびにすごいなと思いながら、おれもなんとかそれについていく。
会長に、どうにかこうにか、カッコいいと思ってもらえるように。
歌って、歌って、歌っていたら。
会長が、ゆっくりと手にしていたマイクをあげた。
そして、大きく息を吸う。

――♪だけどいつか気付くでしょう　その背中には

会長とおれは、競争するように全力で歌っていった。その裏で、アユミがハミングし、きれいなハーモニーを響かせる。アユミの高音はまっすぐで揺らがず、まるで何かの楽器のよう。
おれも途中で低い音を歌った。会長のメロディときれいにハモり、メゾピアノから徐々にクレッシェンド、そしてサビでフォルテ！

――♪残酷な天使のテーゼ　窓辺からやがて飛び立つ

メロディは低音から高音へ。

――♪ほとばしる熱いパトスで　思い出を裏切るなら

そして同じメロディのくりかえし。でも、くりかえしだからこそ、二度目はもっと大きく、熱く、盛りあがるように！

——**♪この宇宙を抱いて輝く**

八分休符で思いっきりブレス。音符の粒を立たせて。

——**♪少年よ**

「「神話になーれ！」」

——最後の音がわんっと響き、ふいに静寂がおちた。

そっと息を吸ってはいた、その直後。

「……何これ。ってか、ハルト、なんで歌ってんの？」

興奮したように会長がまくしたて、おれのうでをパシパシとたたく。

「すげーじゃん」

ここで会長が歌うとき、おれはいつも盛りあげ役に徹していた。声変わりをしてから音程が安定しなくなって、とてもじゃないけどカラオケなんてする気にならなかっ

たのだ。

「ブラボー！」

藤子さんもヒューヒューと口笛を鳴らす。

「あんたらなんなの？　アタシ、鳥肌立っちゃった！」

藤子さんのそんな言葉に、会長もうんうんとうなずく。

「すげーハモってたし！」

アユミが「イエーイ」と手をあげてハイタッチを求め、おれと会長はつづけて手をあわせた。パン、パン、とかわいた音が響く。

「あー、楽しかった！」

けど、アユミのそんな言葉の直後、会長はハッとし、たちまち気まずそうな表情になる。

「……そういうことかよ」

「そういうこと？」

「お、おれにも歌わせて、なんかいい雰囲気にさせようみたいな」

「歌わせようと思ったのは、そうだけど」

アユミはあっさりと会長の言葉を認め、おれのほうに目をむける。

「ハルト、今日のために、めっちゃ練習したんだよ。会長くんに知ってもらうには、これがいいって」

会長に合唱サークルのことを知ってもらうための作戦自体は、アユミといっしょに立てたもの。それをこんなふうに言ってもらうのは少し気がひける、けど。

「いっしょに歌ってみたら、何かが変わるかもって思ったんだ。……おれも、ふつうに楽しかったかも」

会長はわずかに顔をゆがめるようにし、そして藤子さんに「お冷やください！」って伝えた。


藤子さんは気をつかってくれたのか、「仕込みしてくる」とカウンターの裏にひっこんだ。おれたちはソファに腰かけ、藤子さんが出してくれたしょっぱいナッツをつまみつつ話す。

「サークルのこと、会長にあとから話したのはごめん」

おれが謝ると、会長は首を横にふった。

「おれこそ……ホントは、わかってたんだ。どの部活やサークルを選ぶのも、ハルトの自由なんだって。でも、おれ……」

会長はお冷やのグラスを両手で包みこみ、顔をうつむけたままポツリと言った。

「ハルトは、おれの、ヒーローだったから」

そのまま、ポツリポツリとつづけていく。

「いじめっこから助けてくれたし。勉強も教えてくれるし。おれ、こんなにどんくさいのに、ずっと友だちでいてくれて」

だから。

「みんなの前で活躍するハルトが友だちなの、自慢なんだ。なのに、運動部じゃなかったら、そういうのもなくなっちゃうのかもって、すごい勝手なこと考えちゃって……。最近、放課後に渡瀬と二人で何かやってるのにも、気づいてた。おれなんて、もうどうでもいいのかもって思った。――でも！」

会長が顔をあげた。

「歌ってもらえたの、なんかうれしかった。途中からハモんの、すげーカッコよかった」

カッコよかった、なんて真正面から言われるとさすがに照れる。

「大げさだなぁ」

「大げさじゃない。おれ、これからも会長やる。ハルトが歌いたいなら応援する」

ファンクラブ会長だなんて自称する会長のことを、痛いヤツだと陰で言う人も少なからずいた。「なんで友だちやってるの？」と直接聞いてきた人もいる。おれだって、いつも大げさだとは思ってる。それでも会長といたのは、ほかでもない。

会長が、いつだっておれ自身を見てくれていたからだ。

会長はおれのことを「すごい」だの「カッコいい」だのとよく褒める。けど、父親のことはこれっぽっちも口にしない。有名な父親の息子だからじゃない。おれ自身のことを、会長はいつだって見てくれた。全力で応援してくれた。

そういう会長の存在に、おれのほうこそ救われていた面もあった。

「……ありがとう」

そのとき、アユミが会長のとなりにちょこんと座（すわ）った。

「会長くんに、一つ提案（ていあん）があるんだ」

「提案？」

「今なら、会長くんが応援してるカッコいいハルトといっしょに歌えるんだけど、どう？」

会長はきょとんとしてアユミを、おれを見た。おれは、あらためて会長にむきなおる。

「会長、おれらといっしょに合唱サークルやらない？」

「え、おれ？」

「バスケはムリだったかもしれないけど。歌なら、会長もできるでしょ」

「で、でも、おれなんて――」

「いっしょに歌うの、会長くんも楽しくなかった？　おれたちのサークルは、こんな感じで歌をやろうっていうサークルなんだけど」

会長は動揺（どうよう）したように視線（しせん）を右往左往（うおうさおう）させ、それから小さな声で聞いた。

「本当に、いいの？」

「いいって言ってるじゃん。それに会長、カラオケ得意で、おれより歌うまいんだから」

まだ迷うような顔をしている会長に、アユミがぐっと親指を立てて身を乗りだした。

「むしろ、会員絶賛募集中だから！　やってくれたら、すごく助かる！」

おれもそれにつづいて親指を立てる。そんなおれたちを見て、そして。

会長も、両手の親指をぐっと立てた。

「やる。やってみる。……あ、でも！」

会長はパッと立ちあがって宣言した。

「ファンクラブはやめないから！　おれ、これからも会長だから！　そこだけはよろしく！」

そうして、三人でお冷やで乾杯した。アユミがリモコンを操作して、またミラーボールが光りだす。

「それにしても、『カンタービレ』って名前のお店で決起集会ができるなんて、なんか楽しいね」

今日のこの集まりは、いつの間にか決起集会になっていたらしい。と、それはともかく。

「お店の名前が、何か関係あるの？」

会長が意外そうな顔で「ハルト、意味知らなかったのかよ」と聞いてくる。

「気にしたことなかった」

すると、アユミが説明してくれた。

「カンタービレは、音楽用語で『歌うように』って意味なんだよ」

会長がさっと検索してスマホの画面を見せてくれる。

『Cantabile：歌うように、表情豊かに』

音楽のことは、知らないことだらけだなぁとあらためて思う。

だけど。

今日は、おれも楽しかった。

会長やアユミと、友だちとそんな時間を共有できて、もっと歌いたい気分になった。

3曲目　若松一中校歌

気がつけば、四月も下旬に差しかかっていた。現在の会員は三名。あと二名の会員を集めるためにはどうしたらいいかと相談していたところ、会長が会員募集のチラシを作ってきた。

「イケてるだろ?」

チラシの上部には『合唱サークル会員募集』の文字、中央にはカラーペンで描かれたいかにもアニメっぽいテイストの男子と女子が、両手をひろげて歌っているイラストがある。男子のそばにふきだしがあり、『いっしょに歌おう!』と書かれていた。

「この絵、どうしたの?」

アユミが大きな目をまたたくと、会長はえっへんと胸をはる。

「おれが描いた」

会長は好きなアニメやラノベのイラストを真似して描くことがよくあり、小学校時代も委員会のポスターや、運動会の応援旗などを積極的に作っていた。これも何かのキャラなんだろうけど、あいかわらずうまい。

会長が自主的にチラシを作ってきてくれ、ありがたく思うと同時に内心ホッとした。会長も合唱サークルにやる気になっているようでよかった。おれはいっしょにやれたらいいなと思っていたけど、興味のないことにひきこんでしまったとなると、やっぱり申しわけないし。

「会長は、こういうの得意なんだね。演奏会とかするようになったら、チラシの絵も描いてもらおう」

会長の作ったチラシを、さっそく職員室でコピーさせてもらう。コピー機がスッスッと紙をはきだす様子をながめつつ、アユミがふいにこんなことを口にした。

「ピアノ伴奏、必要だと思うんだよね」

「ピアノ伴奏？」

「そう。ほら、このあいだはカラオケ音源にあわせて歌ったけどさ。生のピアノで伴奏してもらえると、すごくサマになるでしょ？」

たしかに、合唱といえばピアノ伴奏がつきものというイメージがある。

「アユミはピアノ弾けないの？」

「ピアノは弾けないんだよねー。ハルトと会長は？」

二人そろって首を横にふる。

「そっか。おれ、ちょっと探してみるよ」

チラシのコピーがおわり、ついでに先生に許可をもらい、おれたちはチラシを数枚、校内の掲示板に貼りつけてその日は帰った。


それから数日後。アユミはどこでどう探したのか、伴奏者候補を本当に見つけてきた。

その日の昼休み、おれと会長はアユミについて一年四組の教室へとむかった。廊下から教室のなかをのぞき、「あの人」とアユミが指さす。体格はやせ気味で、手脚がすらりと長い男子。髪はふんわりした猫っ毛で、女子に話しかけられてにこやかにかえしている。なんというか、さわやか王子さま系というか。

「イケメンだ」

おれの感想に、会長があわてたように口をひらく。

「ハルトだって負けてないって！」

「べつに競ってない」

「白鳥聖也くん。小学校時代にピアノのコンクールに出たこともあるんだって」

そう解説したアユミが、「失礼しまーす」と四組の教室に入っていく。おれと会長もそれにつづいた。

アユミはすたすたと歩いていき、数人の女子と話している男子に「白鳥くん」と声をかけた。

「はじめまして。おれは三組の渡瀬歩実。こっちは一組の二宮陽翔と丸本翼」

紹介され、ペコッと頭をさげる。白鳥くんはきょとんとした顔で、「どうも」とかえす。

「突然話しかけてごめんね。じつは、白鳥くんに頼みがあって」

「頼み？」

「そう。おれら、新しく合唱サークルを立ちあげる予定なんだ。それで、ピアノを弾ける白鳥くんに、ぜひ伴奏者として入会してもらいたくて」

アユミがお得意のかわいらしい笑顔でそう説明し、白鳥くんにチラシをわたした。

けど。

そのチラシを、白鳥くんと話していた女子が横からうばいとった。

「ごめんね。白鳥くんには、合唱部が先に声をかけてるんだ。勧誘はあきらめてもらえないかな？」

白鳥くんを守るかのように、三人の女子が白鳥くんとアユミのあいだに壁を作る。

その女子たちは先輩、二年生だと上ばきの色からわかった。

けど、アユミは先輩たちにもひるまず、にこにこと白鳥くんに話しかける。

「白鳥くんは、もう合唱部に入部するって決めたの？」

「えっと……」

「今、わたしたちが部のことを説明してるところだから。ジャマしないでもらえる？」

先輩の一人がアユミの言葉をさえぎった。

「あ、っていうかこの子、うちの部に入りたいって言ってきた男子じゃん」

「ホントだ！　へー、合唱サークル作るんだ」

「うちの部のジャマだけはしないでね」

横にいた会長がたちまち顔をしかめ、「感じ悪」とつぶやく。その口をおれはおさえ、そして反対の手でアユミのうでをつかんだ。

「出なおそう」

「でも――」

「いいから！」

おれは「失礼しました！」と大きな声で言い、会長とアユミをひっぱって廊下に出た。

「さっきの、超感じ悪くなかった？」

会長は見るからにプリプリしていて、アユミも唇をとがらせてうなずく。

「何か言いかえそうと思ったのに！」

物怖じしないアユミなら、感じの悪い先輩たちに言いかえすことくらいできるだろうけど。

「合唱部に目をつけられるのはマズいよ。こっちは会員も足りてない合唱サークルなんだから、下手なことしたら設立前につぶされるかも」

そう説明したものの、二人は不満げなままだ。

「ピアノ伴奏、ほかの候補も探してみよう。調べてくれたアユミには悪いけど」

「おれ、コンクールの動画も観たんだ。白鳥くんのピアノ、すっごくいい感じだった」

「でも、合唱部に入るならしょうがないよ」

そんなふうに二人をなだめていると。

「あの……」

ふいに話しかけられ、三人そろって声のほうを見る。ストンとしたボブヘアの女子——倉内琴梨さんが立っていた。

「急に話しかけてごめん。四組の友だちに会いに来たら、さっきの話、聞こえちゃって」

倉内さんはおれのクラスメイトで、クラス委員もやっている、いかにもしっかり者といった雰囲気の女の子だ。理科の授業で同じグループになったので、何度か話したことがある。

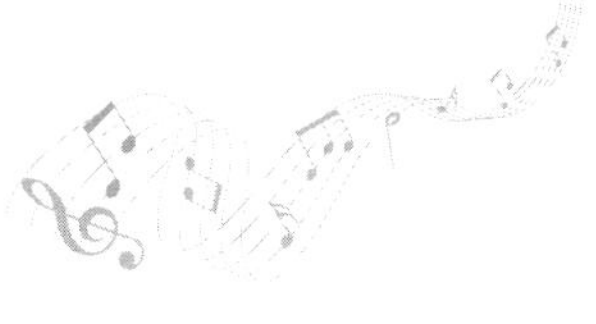

「じつは、わたし今、合唱部に仮入部中なんだ。多分、このまま正式に入部すると思う。だから、先輩たちがあんなふうに言ってたの、なんだか悪くて……ごめんね」

「そんな、倉内さんが謝るようなことじゃないし」

おれの言葉に、アユミと会長もうなずいた。

「合唱部にも、まともそうな人がいてよかった」

なんて言うアユミをこづいたら、倉内さんはクスクス笑う。

「みんなで合唱サークル作るんだね。楽しそう」

「まだ、会員募集中なんだけどね」

そこで、すかさず会長が持っていたチラシを差しだした。

「入ってくれそうな人がいたら、紹介してください」

「了解です」と倉内さんはかしこまってチラシを受けとってくれる。いい子だ。

「同じ合唱仲間だし、よろしくね。サークルも応援してるよ」

パタパタと去っていく倉内さんを見送っていたら、アユミに肩をぶつけられるようにこづかれドキンとする。友だちだと思えど、おれはいまだにアユミにドキッとしがちだ。

「何？」

「ハルト、カッコいいもんね。モテそー」

「なんだよそれ」

アユミはケラッと笑って歩きだす。もやっとしたものを胸のうちで感じつつ、そのあとを追いかけた。

♪
♪

その週の土曜は、アユミと会長と三人で出かけることになった。

会長と最寄りの作草部駅から千葉都市モノレールに乗って数駅、千葉駅で下車。千葉都市モノレールとJRの千葉駅は直結していて、地上三階の高さにあるJRの改札前にむかうとすぐにアユミを見つけられた。

いつもは二つに結っている髪をおろしていて、ふわりとすそのひろがった、ひざ丈

のあわいブルーのワンピースを着ている。足もとは白のハイソックスに、つま先の丸い黒のエナメルのパンプス。

「見て見て、このワンピース、超かわいくない？」

アユミは会った瞬間からテンションが高く、楽しそうにその場でくるくるまわってポーズを決める。

「買ってもらったばっかりで、今日はじめて着たんだー」

それを見た会長は、「ほえー」なんて間の抜けた声をあげる。

「アユミって、私服もこんな感じなのな。女子と区別つかんし、すぐにわからなかった」

前は「渡瀬」って呼んでいた会長だけど、アユミのリクエストにより、今は下の名前で呼んでいる。ついでに、かわいいもの好きなだけでこれは女装ではない、という説明も受け、一応納得したらしい。以来、「女装男子」とは言わなくなった。

「どうどう？　似合う？　かわいい？」

だまっていたら、ずいとアユミにつめよられ、おれは小さく息をのむ。

そのまま、見つめあうこと数秒。

「……かわいい、と、思う」

なんとかそれだけこたえると、アユミは一歩さがった。

「ハルトってば、反応うすいなぁ」

アユミは不満そうに唇をとがらせる。その唇はリップグロスでもぬっているのか、てらっと光りかがやいた。

見た瞬間、あまりにかわいくて固まりかけた、とはさすがに口にできなかった。

友だちだって、頭ではわかっているのに。ふとした瞬間に胸が鳴り、アユミのことをつい意識してしまう。

アユミが男子であっても、本人が言うようにかわいいものはかわいい。それは事実だ。だから反射的にドキドキしてしまう、それだけのことだと自分に言いきかせ、深呼吸して平静をよそおった。

「それじゃ、移動しよう」

おれは会長とアユミをうながし、スマホの地図アプリを起動しながら歩きだした。

今日は、アユミの提案で社会人合唱サークルの演奏会を聴きに来た。千葉駅から徒

歩圏内のホールが会場で、なんと入場無料。せっかくだしみんなで聴きに行こうと、アユミが誘ってくれたのだ。

合唱をやると決めたものの、たしかに知らないことだらけ。小学校の芸術鑑賞会でオーケストラの演奏を聴いたのをのぞけば、演奏会というものに行くこと自体がはじめてでもある。

どんな雰囲気なんだろうと、少し緊張しながらホールに到着。天井が高いエントランスロビーを観察し、映画館よりもずっと広い、段差のある座席のずらりとならぶホールにふみいると背すじが伸びるような心地になった。ひじおきのあるいすに座り、見おろした舞台には、グランドピアノと、歌う人が乗るらしい横長の台がおいてある。

「演奏会って、こんな感じなんだな」

会長はいすに身体を押しこめるようにして座り、受付でもらったパンフレットをひらいた。

アユミが作ろうとしている合唱サークルでも、こんなふうにパンフレットを作って、こういう場所で演奏会をするのかな……。

やると決めたものの、いまだに合唱のことはよくわからないしイメージもできていない。こういう演奏会に誘ってもらえたのは、今後のためにもいいことだったかもしれない。

おれもパンフレットを見ていった。合唱サークルの名前と「定期演奏会」の文字、今日のプログラム、それから団員の名前……。

「え？」と声をもらしたそのとき、場内アナウンスが流れた。スマホの電源を切るように注意され、あわててスマホをとりだした。

アンコール曲の演奏までおわり、客席の照明がふたたびつくと、観客たちがざわざわとエントランスのほうに移動しはじめた。それを見ながら、おれたちもゆっくりと席を立つ。

「よかったね！」

アユミに声をかけられ、おれと会長はそろってうなずいた。

「知らない曲ばっかりだったけど、大人数でちゃんと歌うとすごいんだな」

合唱サークルのメンバーは三十人ほど。みんな大人で、二十代くらいの人から、六十代くらいの人までさまざまという構成。

そんな大人たちが、声をそろえて歌っていた。

学校の音楽の授業とはわけがちがう。三十人のきれいにそろったきれいな声が、こんなに響くものだとは知らなかった。

人間の身体ってすごいんだなと、はじめて思った。声を出すのに必要なのは、人の身体だけ。特別な道具や楽器などなしに音楽を奏でられるって、じつはとんでもないことなのでは。

「合唱の曲って、いろいろあるんだなって思ったよ。宮沢賢治の――」

「『雨ニモマケズ』？」とアユミが言葉をひきついでくれ、おれはうなずいた。

小学生のころに学校で習った宮沢賢治の詩、『雨ニモマケズ』。それにメロディがついて、合唱曲になっていたのだ。

――**♪雨ニモマケズ　風ニモマケズ**

雪ニモ夏ノ暑サニモマケヌ

会長もふんふんと首をたてにふる。

「『雨ニモマケズ』、おれらは小学校で覚えさせられたんだよな。歌詞を知ってると聴いてておもしろかった」

そうしておしゃべりしながらホールからエントランスに移動する。エントランスでは、合唱団の人たちが黒のスーツやロングスカートといった衣装姿のまま出てきていた。聴きに来てくれたお客さんたちにあいさつをしているようで、エントランスホールはにぎやかな話し声に満ちている。

おれたちは、思わず顔を見あわせた。

「もしかして」と、会長。

「もしかすると！」と、アユミ。

おれたちは目を皿のように見ひらいて、ホールの入口からエントランスにかけてを観察した。少しして、「はっけーん！」とアユミが声をあげ、一人先に駆けだす。あわててそのあとを追った。

おしゃべりしているグループをいくつもよけ、人の波をかきわけて、エントランス

の壁ぎわまで到着。アユミは明るい顔になって、そばに立っていたスーツ姿の男の人に声をかけた。

「タマタク先生！」

その男性はビクリとしてアユミを、おれと会長を見て、その目を丸くする。

うちのクラスの担任で、社会科の先生でもある玉川拓朗先生、通称タマタク先生。今年の三月に三十歳になったばかりだって、四月に自己紹介で言ってた。

「きみたち、なんで……？」

学校ではいつも紫色のジャージ姿で、髪も軽くなでつけただけ、遠くから見るとボサッとして見えるような外見だった。あと、絶妙にダサい丸メガネ。ようするに、「タマタク先生」なんてあだ名をつけられちゃうくらい、ふだんはゆるゆるな雰囲気の先生なのだ。

けど、今日のタマタク先生はちがった。髪はビシッと固められて前髪はアップ、コンタクトをつけているのかダサい丸メガネもなく、その目もとはキリッとして見える。

「先生の演奏会、聴きに来ちゃった！」

きゃぴっとこたえたアユミにタマタク先生が顔をひきつらせる。アユミはすぐに「冗談ですけど」とつづけた。

「入場無料のコンサートがあったから来てみたら、タマタク先生が出てたんでびっくりしました！」

パンフレットに『玉川拓朗』という名前があり、開演前、おれたちはジュースを賭けた。この人はタマタク先生の同姓同名であるほうに賭けたのがおれと会長、タマタク先生本人であるほうに賭けたのはアユミ。結果、アユミの一人勝ちというわけだ。

あとでジュースをおごらなければいけない。

「えっと……二宮くんたちは、合唱に興味があるの？」

話をふられ、おれはうなずく。

「おれたち、合唱サークル作ろうとしてるんです」

すると、タマタク先生はポンと手をたたいてアユミを見た。

「思い出した！　三組の渡瀬くんが何かサークルを作りたがってるって聞いたんだ。それ、合唱サークルだったのか」

「そうなんです、合唱サークルなんですよー」

アユミとタマタク先生は顔を見あわせ、ははっと笑いあった。そして、タマタク先生は片手をあげる。

「そっかそっか。みんな、がんばってくれ。先生も応援してるから」

それじゃあ、と去ろうとしたタマタク先生の退路を会長が大きな身体でふさぎ、アユミがタマタク先生の前にまわりこむ。

「先生、合唱サークルの顧問、やってくれませんか？」

「いやほら、でも……」

「先生、科学部の顧問ですよね？　たしか、去年から部員不足で活動休止してる科学部の」

さすがアユミ、先生たちのこともいろいろ調べあげていたらしい。

「お願いします！　おれたちが頼れるの、タマタク先生くらいなんです！」

「よろしくお願いします！」とおれと会長も頭をさげた。タマタク先生は周囲の目を気にし、「ちょっとちょっと」とおれたちの肩をたたく。

「そんな、急に言われてもなぁ……」

「先生、合唱が好きなんですよね？」

「それは、まぁ」

「おれたちも、合唱がしたいんです」

アユミのその言葉はあまりにまっすぐで力強く、タマタク先生もうっとなった。

「お願いします！」

アユミがもう一度、深々と頭をさげる。

——そうして、待つこと少々。

静かにため息をつき、タマタク先生はこたえた。

「顧問の件は、考える」

「わ、ホント？　先生大好き！」

調子のいいアユミの言葉に苦笑し、タマタク先生は「ただし」とつづけた。

「一つだけ、条件がある」

「条件？」

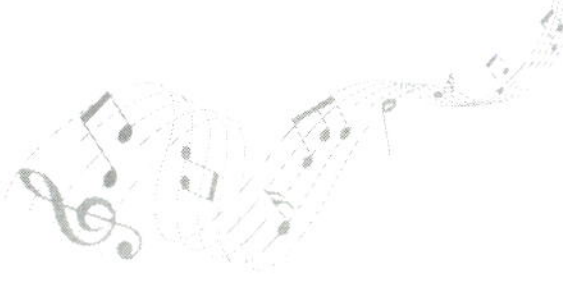

もったいぶるような間のあと、タマタク先生はその条件を口にする。

「一年三組の葉村慎太も、そのサークルに誘ってみてくれないか？」

♪　♪

週が明けて月曜日。おれと会長は登校したその足で、一年三組の教室をのぞいた。

「あ、二人とも。おはよー」

おれたちに気づいたアユミが席を立ち、こちらにやってくる。

「さっそく葉村くんのこと、見に来たの？」

「そう」

「残念、まだ来てないよ」

なんて話していたら、「アユミくんおはよー」と通りがかった女子にあいさつされ、
アユミが「おはよー」と明るくかえした。

「アユミって、女子と仲いいのな」

教室に入っていく女子の背中を見やり、会長が感心したように言う。会長は体型のことで女子にからかわれた過去があり、あまり女子が得意じゃないのだ。

「そーかな？　あんまり意識してないけど」

私服はもちろん、アユミは使っている文具類や小物などもかわいいものが好きだ。入学式の日にもらった絆創膏も、ピンク色でクマ柄とすごくかわいかった。女子と話があうのは当然かもしれない。

ふいにおもしろくないような感情がわきおこってしまい、そんな自分に困惑する。その理由を考えたくなくて話をそらした。

「葉村くんって、どんな人？」

んーっとね、とアユミは頰に指をあて、言葉を探すような顔になった。

「あんまりしゃべらない人、かな」

それを聞いて、会長が眉を寄せた。

「そいつ、本当に合唱に興味あんの？」

——タマタク先生いわく。

葉村くんは少し前、四月の半ば過ぎに、タマタク先生のいる社会人合唱サークルの見学に一人でおとずれたそうなのだ。

社会人合唱サークルでは、とくに年齢制限を設けているわけではない。保護者の許可があるなら、中学生の見学も大歓迎だと受けいれられた。けど、たったの一時間見学しただけで、葉村くんは逃げるように帰ってしまったらしい。

『タマタク先生、葉村くんにキラわれてんじゃないの？』

アユミが遠慮せずそんなことを言うと、タマタク先生はしぶい顔になった。

『その可能性も、なくはない』

葉村くんの態度が一変したのは、休憩時間にタマタク先生が話しかけてからだったそう。葉村くんはタマタク先生がいるとは当然思っておらず、本当におどろいていたらしい。

『キラいなタマタク先生が顧問なのに、葉村くん勧誘しろってダメじゃない？』

『渡瀬くん、ちょっとヒドくない？』

タマタク先生は傷ついたような顔になったものの、『でも』と言葉をつづけた。

『中学生が、一人で社会人サークルの見学に来るって、すごく勇気がいることだと思うんだ。事前にメールで問いあわせもして来たんだ。本当に合唱に興味がなかったら、そんなのできないだろ。――でも、うちの学校の合唱部は女の園だし、葉村くんは入れないだろうから気になってたんだ。渡瀬くんたちが男子も入れる合唱サークルを作るっていうなら、それって、彼にとってもいいチャンスになるのかなって』

『そんなに気にかけてるなら、自分で誘えばいいのに』

アユミの言葉に、タマタク先生は『そこはほら』とこたえた。

『同級生からの誘いのほうがいいだろ』

これまではあまり熱心な先生ってイメージがなかったタマタク先生だけど、じつは生徒思いのいい先生なのかもしれない。

かくして、おれたちは葉村慎太を勧誘することになったのだった。

三組の教室の前の廊下でしゃべりながら待つも、葉村くんはなかなか登校してこない。そうして、朝のホームルームまで五分を切ったところだった。

「葉村くん！」

会長がしていたマンガの話をぶった切り、アユミが声をあげた。廊下を歩いてきた男子生徒が、あからさまにビクリとしてたじろぐ。ブレザーの胸もとの名札に、『葉村』の二文字があるのが見え、彼こそが葉村くんだとわかった。

葉村くんは、一七〇センチ以上ありそうなひょろりと背の高い男子だった。やせぎすの体型で、ブレザーの制服がだぼついて見える。伸び気味の黒髪は、その目もとを半分おおっていた。

「おはよう！　あのさ、ちょっと話があるんだ！」

硬直している葉村くんにアユミは駆けよると、明るく単刀直入に切りだした。

「葉村くん、合唱に興味ある？　おれたち、合唱サークルを作る予定なんだ。葉村くんも入らない？」

葉村くんは返事のかわりに、ヒュッと短く息をのむ。そして、何もこたえずおびえたような目になって、三組の教室にひっこんでしまった。

アユミはそれを追いかけることはせず、うーんとうなって、おれたちのところにもどってくる。

「勧誘ってむずかしい」

「いきなりあんなふうに畳みかけられたら、そりゃビビるよ」

会長がつっこむと、「そうかなぁ」とアユミは首をかたむけた。

「いけるかなーって思ったのに」

「葉村くんと仲いいの？」とおれが聞くと、アユミは今度は首を反対側にかたむける。

「話したことはないけど、クラスメイトだし？」

「みんながアユミみたいな鋼メンタルじゃないんだわ」

会長の言葉におれもうなずき、アユミは唇をとがらせた。

「おれだって、むちゃくちゃ繊細なのに！」

朝のホームルームの開始を告げるチャイムが鳴る。おれたちは手をふりあい、それぞれの教室に駆けた。


こうして、葉村慎太勧誘大作戦がはじまった。

同じクラスだからと、まずはアユミが休み時間のたびに声をかけた。けど、これが

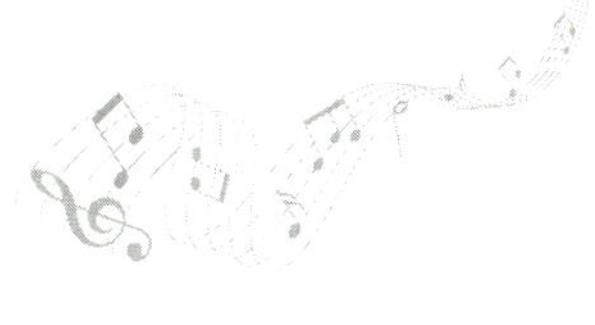

逆効果。すっかり警戒され、数日かからずアユミの顔を見るだけで逃げられる状態になってしまった。

　そこで、つぎはおれが話してみることになった。

　五月になり、世間はゴールデンウィークに突入した。週末からは学校も五連休。なんとか連休前にと思っていたおれに、その日の掃除の時間、チャンスがおとずれた。

　一人でゴミ袋を抱えている葉村くんを見かけ、教室のゴミ捨てをおれは自ら買って出た。昇降口の近くで、うまいこと葉村くんに追いつけた。

「――あの！」

　声をかけると、葉村くんは肩をビクリとさせて足をとめる。

「ゴミ捨て場ってどこかな？　場所、わからなくなっちゃって」

　すると、葉村くんは右手で廊下の先のほうを指さし、先に歩きだす。おれはその背中を追いかけ、となりにならんだ。

「教えてくれてありがとう」

　葉村くんは長い前髪の奥からこちらをチラと見て、小さく頭をさげてこたえる。

アユミが言っていたとおり、本当にしゃべらない人なんだな。

その横顔をそっとうかがう。合唱には、本当に興味があるんだろうか。タマタツ先生はあんなふうに言っていたけど、もし葉村くんが今は興味がないとかそういうことなら、しつこく勧誘するのもなと思う。

ゴミ捨て場までいっしょに行き、用をすませると、葉村くんはペコッと頭をさげて先に去ろうとした。それをあわてて追いかけて、ふたたび話しかける。

「おれ、一組の二宮」

自己紹介すると、葉村くんは足をとめてこちらに目をやった。やはり口はひらかない。

「じつは、葉村くんと少し話してみたかったんだ」

その目が、「なんで？」とでも言いたげに、少し見ひらかれた。

「こんなこと、突然言われてもこまるよね、ごめん。でも、葉村くんのこと、ちゃんと知りたくて」

その目が不思議そうにおれを見ている。そこでようやく、本題を切りだした。

「玉川先生から聞いたんだ。葉村くんが、合唱に興味があるらしいって。今も、興味はある？」

葉村くんの肩が、少しビクリとして強ばる。

「アユミが何度も勧誘したし、合唱サークルを作ろうとしていることは知ってると思うんだけど。じつは、おれもそのメンバーなんだ。もし葉村くんが合唱に興味があるなら、いっしょにやれないかなって思ってる」

やっぱり返事はない。でも、耳をかたむけてくれているのはわかった。

「もし興味がないなら、無理矢理、みたいなことはしたくないんだ。やりたくないことは、やらないほうがいいと思うし」

おれはやりたいことにまっすぐなアユミを見て、周囲の目を気にしたり、流されるように何かを決めたりするのをやめたいと思った。新しいことをはじめたいという、自分の気持ちを優先できた。そのおかげで、少し気持ちが軽くなった。

そういうのを、葉村くんにも伝えたかった。でも、言葉にするのってむずかしい。

「どうかな。葉村くんは――」

パッと顔をそむけ、葉村くんはその場から走りさった。

――なんて報告を、その日の放課後、アユミと会長にしたところ。

「だと思った」

そうこたえたのは会長。おれはおれなりに、真剣に葉村くんにむきあったのに。

「どういう意味？」

「だって、ハルトって超カッコいいじゃん」

いつもの会長ではあるけど、そんな話の流れではなく。

「なんの話？」

「葉村の身になって考えてみなよ。あいつ、明らかに地味キャラじゃん。ハルトみたいなカッコいい男子に突然話しかけられたら、それだけでひいちゃうって」

「えぇぇ……」

そんなことを言われても。何か言いかえそうと思ったが、結局うまい言葉も思いつかず、机につっぷした。

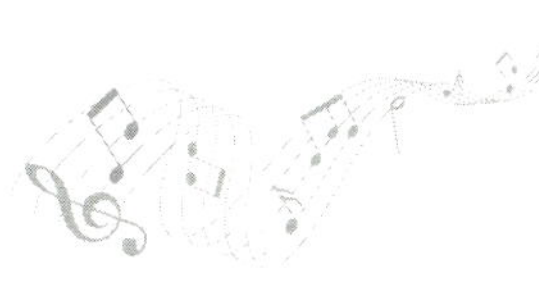

この数日、おれたちは放課後、人のいなくなった一組の教室を会合場所にしていた。アユミは「春なんだから」と最初は中庭に行きたがったが、中庭は園芸部の活動場所でもあり、曜日によっては部外者が立ち入れなくなる。南校舎の階段とか、非常階段の踊り場とか、流浪の民のごとくさまよったあげく、一年一組の教室におちついたのだった。サークル設立前のおれたちには、ミーティング場所を見つけることすらむずかしい。

「アユミみたいに、強引にならないようにがんばったのに」

「そんなぁ！」と声をあげたのは、おれのとなりの席に座っていたアユミ。

「おれ、強引になんてしてないよ！『いっしょに歌おう』って、明るくかわいく勧誘しただけだよ！」

「二人とも、自分のキャラを少しは自覚したほうがいいと思う」

会長はそんなことを口にし、むずかしい顔になって考えこんでしまう。

「どうするかなぁ」

ゴールデンウィークの連休が明けると、新入生の仮入部期間も間もなく終了となる。

そうすると入部するつもりのある生徒は部活を決めてしまうので、会員の勧誘の難易度はもっとあがりそう。

重苦しい空気になってしまい、おれは身体を起こして明るい声を作った。

「ほかの人の勧誘もしようよ。あと二人集めないと、設立自体できないんだし」

とはいえ、今もチラシを貼ったり配ったりといったことは、やっているんだけど……。

アユミはしぶい顔になった。

「葉村くん、いいと思うんだけどなー」

「アユミは、葉村くんの声、聞いたことあるの?」

「同じクラスだからね。よく響く声だとは思う」

なんだかふくみのある言い方だ。不思議に思って聞こうとしたそのとき、会長が顔をあげた。

「来週は、おれが話してみる」

♪　♪

そうして連休明け、五日ぶりの登校日。

連休中ののんびりした空気が抜けないまま、いつもの待ちあわせ場所で会長と合流した。「はよー」とあいさつをかわし、千葉都市モノレールの作草部駅へむかう。歩きながら、おれは会長に小袋をわたした。

「味噌ピーじゃん」

略して味噌ピーこと味噌ピーナッツ。落花生の名産地、千葉ではおなじみのピーナッツと甘めの味噌を絡めたものだ。定番の土産品でもあるし、学校給食でもたまに出てくる。

「父さんがたくさんもらってきたから、おすそわけ」

連休中、父さんが市のイベントにゲストとして呼ばれ、その際にお土産としてたくさんもらってきたのだ。「芸能人も来るし、ハルトも行くか？」と聞かれたけど、いそがしいからと断ってしまった。

「ありがと！　おれ、これ大好き！」

「学校では食べるなよ」

会長はスクールバッグにがさごそと味噌ピーをしまいつつ言った。

「あの作戦、今日やるから」


連休明けでどことなくそわそわした空気のなか、授業が行われ、帰りのホームルームがおわってすぐ。

おれと会長は、一組の教室を飛びだした。むかうはとなりのとなり、一年三組。

三組はちょうど帰りのホームルームがおわったところで、教室はにぎやかだった。

朝のうちに作戦決行を伝えていたアユミはおれたちに気がつくとうなずいてかえし、まっすぐに窓際の葉村くんの席にむかった。

「葉村くん！」

アユミに声をかけられ、猫背気味の姿勢でノートに何かを書きつけていた葉村くん

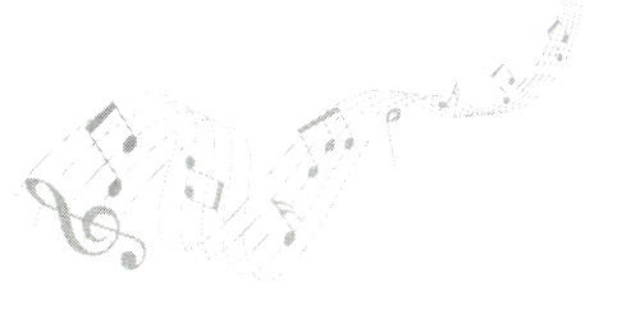

は、ビクリとして顔をあげる。

「お願い、ちょっとだけ時間ちょうだい！」

葉村くんはいすから立った。首を横にふって、いつものように逃げようとする。

けど、その前には会長が立ちはだかった。

「おれ、一組の丸本翼。あだ名は会長だ」

葉村くんはきょとんとして会長を見、その後ろに立っているおれに気づいて事情を察したらしい。また唇をかたくむすび、ふるふると首を横にふる。

「悪いけど、いっしょに来てくれ」

葉村くんがヒュッと小さく息をのんだ、つぎの瞬間。

おれとアユミは、彼の左右のうでをつかんだ。

そうして、半ばひきずるように葉村くんをつれてきたのは、北校舎二階の奥にある社会科資料室。タマタク先生に頼み、事前にカギをあけておいてもらったのだ。

「失礼しまーす」と一応断ってから会長がドアをあける。なかには人がいない。広さはふつうの教室の半分くらいで、ならんだスチールラックには地図帳や地球儀などがおいてある。

おれとアユミは資料室のなかに入り、そこでようやく葉村くんのうでをはなした。

「強引なことしてごめん」

謝ったけど、葉村くんはすっかりおびえた顔になっている。問答無用でこんなところまでひっぱってこられたら、そうもなるだろうけど。

葉村くんは何かを言おうとするように口をひらいた。けど、パクパクするだけで、結局口をとじてしまう。

そんな葉村くんのほうに、会長が一歩前に出た。

「しつこく勧誘して悪かったよ。でも、ちょっとだけつきあって」

そして、会長は自分のタブレット端末を差しだした。メモアプリが表示されている。

「しゃべりたくなかったら、ここに書いて。葉村のこと、教えてほしいんだ。葉村が本当に合唱に興味がないっていうなら、おれたち、もう葉村にかまわないから」

会長より十センチくらい背が高い葉村くんは、困惑したように会長を見おろす。

けど、やがてそっとタブレット端末を受けとった。そして、その場にしゃがみこむ。タブレット端末を床に立て、カバーについているキーボードの上に指をおく。

おれたちは目配せしあい、そんな葉村くんの後ろにしゃがんで画面を見た。葉村くんの指が、スムーズに動いて文字をうちこんでいく。

《ぼくは、話すのが得意じゃありません。きつおんっていう症状があります》

「きつおん？」

会長が首をかしげると、葉村くんが漢字に変換した。

《吃音》

あまりくわしくはないけど、言葉を話すときに同じ音をくりかえしてしまったり、つっかえたりしてしまうような症状のことだったっけ。

チラとアユミを見ると、あまりおどろいていない様子で気がついた。アユミは葉村くんと同じクラス。きっと、前から葉村くんの吃音のことを知っていたのだ。だからこそ、葉村くんにメモアプリに書いてもらうことを会長に提案したのだろう。

葉村くんは少し考えるような間のあと、また指を動かした。

《歌うときは、吃音が出ません。歌うと吃音が改善されることがあると、ネットで見ました。だから》

葉村くんの指がそこでとまり、しん、と沈黙がおちた。しまった窓のむこうはグラウンドなのか、にぎやかな声がかすかに聞こえてくる。

話すのが得意じゃないという葉村くんの気持ちを、おれには完ぺきに理解することはできない。それでも、彼が本当に悩んでいて、歌に救いを見いだしたのだとしたら。

「葉村くん、合唱やらない？」

タマタク先生が話していたとおり。葉村くんは、きっとわらにもすがる思いで勇気を出して、社会人サークルの見学に行ったんだ。

「――でででで、でも！」

葉村くんは思わずといったふうにおれのほうをふりかえって声を出し、あわてて両手で口をおおう。アユミの言うとおり、その声はたしかに通りがよかった。せまい社会科資料室中に響き、わずかに余韻を残す。

葉村くんはタブレット端末にむきなおり、また文字をうちだした。

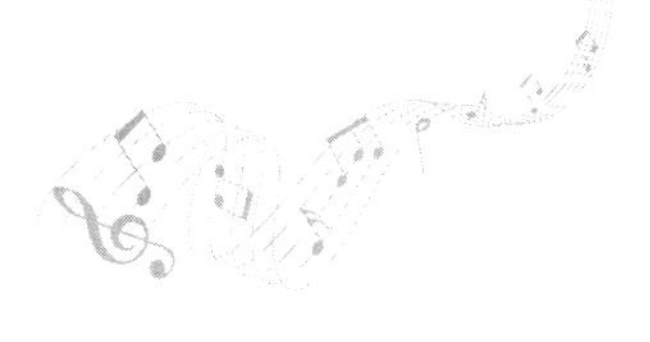

《渡瀬くんも二宮くんも、すごい人だって聞いた》

「えー、そう？　おれすごい？　かわいいとは思うけど」

「アユミはだまって」と会長がとめる。葉村くんの指はまだ文字をつづっている。

《ぼくは歌の経験がないです。人数も少ないのに責任重大だし、小学校でも部活とかクラブでうまくやれたことがないです。何をやってもダメで――》

そのときだった。

会長が、葉村くんの手をつかんだ。

「おれは、この二人みたいにすごくない、ただの凡人のぽっちゃりだ！」

会長の声がわんっと響く。

「おれは、葉村の気持ちわかる。すっげーわかる！　走るのも遅いし、何やってもとろいし、すぐに息切れするし、勉強もそんなにできない。アニメとマンガのことなら、ちょっとくわしい。でもそんだけ。ダメなことばっかり！」

会長が自虐するのはよくあることだった。でもそれは、いつも冗談めかして口にされることが多かった。こんなふうに、まじめな顔で話すのをはじめて見た。

「でも、ハルトが『いっしょにやろう』って言ってくれた。おれ、できるかわかんないのに。ダメなことばっかりなのに。――だから！」

会長は葉村くんの手をとったまま、のっそりと立ちあがる。

「葉村にはおれが言う。いっしょにやろう！」

葉村くんは会長に手をとられたまま顔をあげ、しゃがんでいた姿勢からへたっと床にお尻をついた。

「ダメなことも、あんのかもしんないけど。葉村はすげーよ。一人でタマタク先生がいるサークルの見学にも行ったんだろ？　おれ、一人じゃそんなことできねーよ。それくらい、ホントは合唱、やってみたかったんじゃねーの？」

葉村くんはチラとタブレット端末のほうに目をやった。けど、片手は会長につかまれたまま。唇を一度ひきむすび、そして大きく胸をふくらますようにして深呼吸し、

葉村くんは口をひらいた。

「――ぼ、ぼぼぼぼぼ、ぼく、ぼくは、」

あいている手を床につき、葉村くんも立ちあがる。葉村くんは肩を上下させるよう

に呼吸(こきゅう)し、何度も唇をふるわせて、つづけた。

「うううううう歌ってみ、みみみみたい」

「よっしゃ！」

会長がつかんだ手をふりまわすようにし、葉村くんはよろける。

そして、小さく笑った。

笑って、会長の手をふりまわしかえす。葉村くんは、こんなふうに笑うのか。

おれも立ちあがり、葉村くんに声をかける。

「おれ、歌は初心者なんだ。葉村くんと変わらないと思うし、むしろ、下手な可能性(かのうせい)のほうが高い。だから、あんまり、すごいとか思わなくてもいいというか……」

気をつかわないでほしいというのは、どうやら伝わったよう。葉村くんはうなずいてくれた。

そして、ひょこっと立ちあがり、スカートをはらったのはアユミ。

「葉村くん、おれにも気なんかつかわなくていいからね！」

「アユミになんかされたら、おれに言えよ」

先輩風を吹かした会長を、アユミがこづく。そして、アユミは「いいこと思いついた！」と顔を明るくした。

「せっかく四人集まったんだし、ここで一曲歌ってみるのは？」

「え？　今？」

たちまち葉村くんがおびえたような顔になってしまう。けどアユミは気にせず、

「何がいいかなぁ」とぶつぶつ言って手をたたいた。

「ちょっと待ってて！　すぐもどってくるから！」

そうして社会科資料室を飛びだしていって、待つこと約五分。

見るからにそわそわしている葉村くんに、「アユミの気まぐれはよくあることだ」と会長がまた先輩風を吹かせて説明していると、アユミがバタバタともどってきた。

「職員室がしまってたー！」

アユミが地団駄をふむ。どうやら職員会議中で誰もおらず、目的を達せられなかったらしい。

「職員室に行ってどうするつもりだったの？　タマタク先生を呼ぶつもりだったと

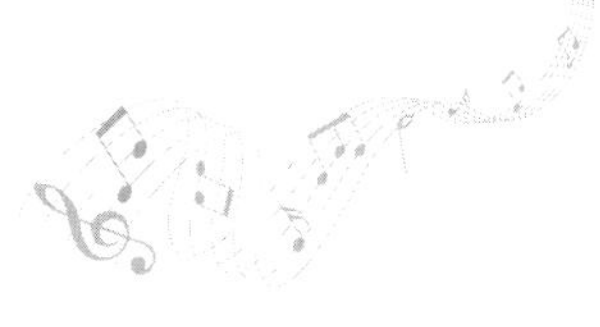

か？」

「校歌の伴奏CD、借りられないかと思ったんだよね」

「校歌？」

おれたちが目をパチクリとさせていると、アユミはようやく説明してくれた。

「何か歌いたいなって思ったの！　今みんなで歌える曲って、ほかにないでしょ」

それはたしかに。校歌なら、入学してすぐに音楽の授業で習っている。

「今日は、とりあえずよくない？　葉村も入ってくれるんだし、初日から飛ばさなくても」

会長の言葉に葉村くんもコクコクとうなずくが、アユミは「えー」と不満げな声をあげる。

「せっかく歌いたい気分になってたのに！」

「――やあ」

そのとき、あけっぱなしになっていたドアから、誰かが顔を出した。

四組のさわやか王子さま系男子、白鳥くん。

「話、聞こえちゃったんだけど。校歌の伴奏がほしいのかな？」

「そう！」

アユミが一歩前に出た。白鳥くんとアユミがならぶと、いかにも美男美女って感じでとても絵になる。どっちも男子だけど。

「それなら、ぼくが弾こうか？」


そうして、今度は待つこと十分ほど。ともに去っていったアユミと白鳥くんが、電子キーボードを抱えてもどってきた。

「音楽室で借りてきた！」

パイプいすをならべて台のかわりにし、キーボードをセッティング。楽譜はいらないのかと聞くと、白鳥くんは首を横にふる。

「音楽の授業で何度も聴いたから、弾けると思う」

白鳥くん、ピアノが上手な人らしいとは聞いていたけど、もしかしたら思っていた以上にすごい人なのかもしれない。

そんなわけで、せまい社会科資料室でなぜか校歌を歌う流れになった。校歌の歌詞は、タブレット端末で学校のウェブサイトにアクセスしたら掲載されているページがあった。

準備が整い、アユミがさっそく場をしきる。

「はい、まずはうでをぐるぐるまわして、リラックスリラックスー」

まわしたうでが近くの棚にぶつかり、地球儀がおちそうになったので、首や肩をまわすだけになった。肩の力を抜いてまっすぐに立ち、足は肩幅にひらく。お腹を意識して腹式呼吸。猫背気味の葉村くんは、アユミに何度か背中をたたかれ、ようやくそれっぽい姿勢になった。

「じゃ、白鳥くん、お願いします！」

パイプいすに座った白鳥くんが前かがみになり、長い指が軽やかに白鍵をたたく。

行進ができそうなくらいのテンポで、ピアノの明るい和音が奏でられた。アユミが指揮者のような手ぶりで合図を送り、なんだか気恥ずかしいような空気が漂いつつも、そろってブレスをする。

——♪青空ひろがる　千葉の大地
この学園に集いし若き夢
自由な心　風に舞う
学びの道　進んでいこう
若松第一　われらの誇り
若松第一　永遠に咲く花

最初はアユミ以外は遠慮がちだったけど、一番がおわるころには、みんな声が出るようになってきた。

校歌なんて、これといっておもしろい歌だと思ったことはなかったのに。

今は、むしょうにわくわくする。

流れるピアノの和音、それに乗っかった四人の声。アユミのきれいな高音、あいかわらず不安定なおれの声、やたらと元気のいい会長の声、遠慮がちな葉村くんの声。

同じ曲を歌っているはずなのに、見事にバラバラだ。それでも、おれたちは一つの歌を作りあげていた。一人じゃ、こんなふうには歌えない。

せまい社会科資料室を、音が、音楽が満たしていく。

もっともっと、声を出したい。

歌いたい。

――♪若松第一　われらの誇り
若松第一　永遠に咲く花

四番まで歌いきってサビのくりかえしもおわり、ピアノの伴奏がポロロロン、と最後の和音を奏でた。

さっきまで音であふれていたのに、唐突に沈黙がおちる。

無言で顔を見あわせた。会長も葉村くんも、アユミも、そしてきっとおれも、興奮を隠しきれないような顔になっていた。顔の表面が熱い。

なんとも言えない一体感。

歌うって、すごい。

おもしろい。

そして、おれたちはどうしようもなく下手くそだった。そのことにすら、なんだか胸の奥に火をつけられる。

下手くそってことは、これから伸びしろしかないってこと。

昔から、コツコツ練習するのはキライじゃなかった。バスケだって、たくさん練習したらうまくなれた。練習すれば、きっともっと上手になる。

胸がおどる。新しいことをはじめられて、楽しみが増えていくよう。もっと練習したい。歌のことを、合唱のことを、もっともっと知りたい。

「楽しかったぁ！」

アユミがバンザイし、そのキラキラした笑顔におれもついつられ、そしてどうしようもなく胸が切なくなった。

♪ ♪

その翌日。放課後にいつものように一年一組の教室に集まったおれたちは、サークルの設立に必要な書類を確認していった。

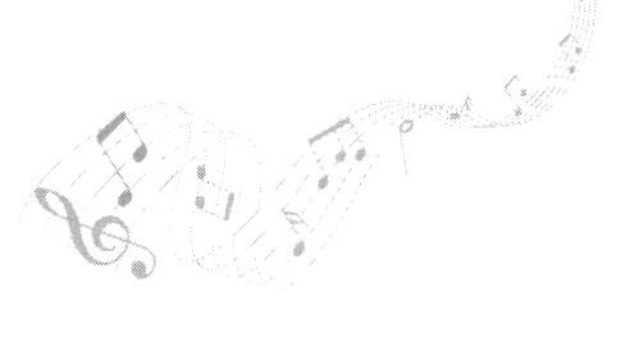

「顧問はタマタク先生で決まり。あとは会員がもう一人……」

四人分の名前がうまった会員名簿を見ながら、アユミがうなる。

「あと一人、どうにかなるかなぁ」

おれ、会長、葉村くんの三人は顔を見あわせた。それぞれのクラスで個別に声かけはしているものの、入りたいという人はいまだにあらわれていない。

「いっそ誰かに名前だけ借りるか」

「そういうの、ズルっていうんじゃない？」

ついつっこんだおれに、アユミがじと目をむける。

「きれいごとだけじゃ、世のなかやっていけないんだよ！」

アユミが「どーしよー」と机につっぷし、みんなで頭を悩ませていたそのときだった。

「やあ」

昨日と同じく廊下から顔を出したのは、今日もさわやかな白鳥くん。

白鳥くんはどこか優雅な足どりでこちらにやってくると、近くのいすをひいて座った。

「昨日は伴奏、ありがとう」

そう礼を言ったアユミに、「どういたしまして」と白鳥くんはにこりとする。そして足を組み、おれたちの顔を見わたした。

「みんな、うかない顔をしているね。何か、こまりごとでもあるのかな？」

「合唱サークルの会員が足りなくて、絶賛こまり中」

会長がそうこたえるやいなや、「それなら」と白鳥くんが微笑んだ。

「ぼくが救世主になるよ」

白鳥くんは、近くの机にあった会員不足の名簿に目をやる。

「ペンはある？」

聞かれた葉村くんがおずおずと自分のボールペンを差しだす。

「ありがとう」

白鳥くんはそれを受けとると、すらすらっと『白鳥聖也』と自分の名前を書きたした。

突然のことにみんなすぐには反応できず、まっ先にガバッと顔をあげたのはアユミ。

「え、いいの!?　合唱部は？」

「勧誘はされてたけど、入るって返事はしてないよ」

白鳥くんは名簿をアユミにわたし、足を組みなおす。

「どうしようか、迷ってはいたんだけどね。女子だらけの部に入ったら、ぼくのとりあいになっちゃいそうでしょ？　もしそんなことになったら、ピアノを弾くどころじゃなくなっちゃうし、こまるなって」

はぁ、と白鳥くんは大げさにため息をつく。

「ぼくって、顔がいいからさ」

すごい、自分で「顔がいい」って言った。

会長も葉村くんもきょとんとしたように白鳥くんを見ている。そんな白鳥くんは、アユミのほうを見ると、バチンとウインクした。

「その点、ここならキュートボーイしかいないしね」

「まぁ、おれはかわいいけど」

「というのは、冗談なんだけど」

さすがのアユミもひいているようで、冗談なのかとつっこみもしない。

「ピアノのレッスンもあるし、活動の盛んな部に入部するのはどうかと思ってたんだ。その点、できたばかりのサークルなら、もう少し気軽に参加できるかなって」

「なるほど……」

アユミはまだひいたような顔をしていたけど、手にした名簿を見なおして、パッと表情を明るくした。

「やった、これで五人だ！」


そのあと、おれたちは五人そろって職員室にむかい、タマタク先生にサークルの設立申請書を持っていった。

「サークル名、どうするんだ？」

そういえば、サークル名はまだ決めていないんだった。

「合唱サークルじゃダメなの？」

会長の言葉に、タマタク先生はうーんとうなる。

「合唱部もあるし、ちょっとややこしいよなぁ。コーラスサークルとか？」

と、そのとき、葉村くんがおずおずと手をあげた。

「そ、そそそその、ぼく、ぼく、かかか、考えてて」

思いもよらない発言者にみんなが目をやった。葉村くんは顔を赤くし、ちょっとおろおろしてから、タマタク先生の机にあった赤ペンを手にとって自分の左手の甲に書いた。

『グリークラブ』

「どういう意味？」とおれが質問すると、タマタク先生がこたえた。

「男声合唱団によくつけられる名前の一つだな。葉村くん、よく知ってたな。メンバーも男子ばかりになったし、ぴったりじゃないかな」

「すごい、いいじゃん！　カッコいい！　葉村くん、やるぅ！」

アユミに褒められ、葉村くんは顔をさらに赤くする。

そうして、申請書の空欄にアユミが『グリークラブ』と書きこんだ。

4曲目 童謡メドレー

黒いマジックをキュッキュと鳴らしながら、アユミがホワイトボードに書いた。

『第一回　グリークラブミーティング』

五月は中旬、会員と顧問がそろい、無事に設立を許可されたグリークラブには、北校舎四階の空き教室が部室としてあてがわれた。今のように各教室にスクリーンやオーディオ機材が整備される前は、ここが視聴覚室として使われていたのだそう。古い段ボール箱が壁ぎわにつまれているものの、一般教室と変わらない、会員五人にはもったいない広さがある。

アユミがホワイトボードの前に出て、残りの会員たちはパイプいすを半円状にならべて座った。その少し後ろ、つまれた段ボール箱にもたれかかってタマタク先生が立っている。

「まずは、役職の確認からかな。部長の渡瀬歩実です、みなさんよろしくお願いします」

頭をさげたアユミに拍手。

ちなみに、役職自体はクラブの設立が許可されてすぐ、話しあって決めた。部長がアユミ、副部長がおれ、会計が会長。そのほか必要な役職が出てきたら、適宜話しあって葉村くんと白鳥くんがつくってことで話がついた。

ちなみに、サークルすなわち同好会。会の長は部長じゃなくて会長ではないかという意見が出たが、それには会長が即座に異をとなえた。

『会長が増えたらややこしい！』

そんなわけで、将来的にはサークルから部への昇格を目指す、という名目のもと、アユミは部長を名乗ることになったのだった。

おれと会長もあいさつをして、さっそくミーティングは本題へ。

「かんたんな年間の活動計画は作って申請書類にもつけたんだけど、正式なものは、これからみんなで考えていきたいと思います」

はい、とそこでおれは手をあげた。

「コンクールには出ないの？」

合唱部が毎年コンクールに出場して、優秀な成績をおさめているのは有名な話だ。せっかくなら、そういう場を目指すのもアリなんじゃないかと思っていた。

「それは調べたんだけど……」

そう話しかけたアユミから、言葉をひきついだのはタマタク先生。

「夏にある有名な音楽コンクールには、一つの学校から一団体しか出場できない」

その言葉が意味することをすぐに理解した。

「それって、合唱部が出場するかぎり、おれらは永遠に出場できないってことですか？」

「校内オーディションをひらいて戦うって手もあるが、今の段階じゃ勝ち目はゼロだな。おまけに、今年の地区大会の申しこみしめきりは来月の頭。二週間で選曲や書類の準備をするのは現実的じゃない。そして何より、一週間後には中間テストもある」

なんだか、いきなりシビアな現実って雰囲気になってしまった。コンクールって、誰でも気軽にエントリーできるようなものじゃないのか。

でも、アユミは「今年はしょうがないけど」と前をむく。

「少しずつ力をつけて、いつかそういうコンクールに出られるようにがんばろう。合

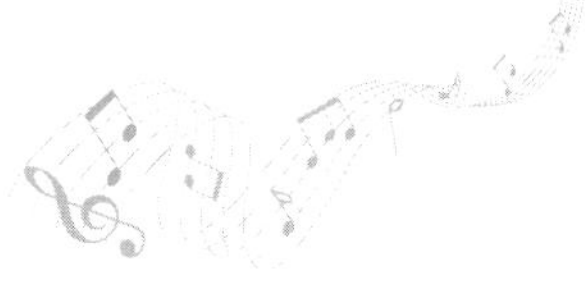

唱部がおれらのことをムシできないくらいになったらいいと思うんだよね。それこそ、いっしょにコンクールに出ましょうって言われるくらいにさ」

果てしなく遠い夢のように思えた。会長や葉村くんも、現実味のわかないような顔をしている。ピアノでコンクールへの出場経験があるという白鳥くんだけは、小さくうなずいた。

「そんなわけで、おれたちは、これからがんばっていかないといけないわけなので」

アユミがホワイトボードに、何かチラシのようなものを磁石で貼る。

「タマタク先生と相談して、これに参加することになりました！」

青空にバルーンが飛んでいる明るいイラスト。上のほうには、『市民ふれあいフェスティバル』の文字。

「それ、去年行った。公園に、食べものの屋台がいっぱい出てた」

会長が、市内の公園の名前をあげる。

「屋台だけじゃなくて、ステージ発表もあるんだよ。学校の部活や市民サークルが、音楽とかダンスとか発表できるの。今月頭に抽選があったから、申しこんでたんだよねー」

　今月頭……？

「グリークラブができる前じゃん」

「きっと大丈夫だって、おれは信じてたから！」

　タマタク先生のほうを見ると、なんともしぶい顔になっている。

「まぁ、人前に立つ経験をつむのはいいことだと思う」

　タマタク先生と相談したってアユミは言ってたけど、どうやら事後相談だったらしい。

「発表は出入りふくめて二十分。三曲くらい歌えるんじゃないかな」

　チラと見ると、会長と葉村くんは今から緊張したような顔になってしまっている。

「いいい、いつ？」

「七月の頭」

「もう二か月ねーじゃん！」と悲痛な声をあげたのは会長。

「一か月半もあるんだから大丈夫だよ」

アユミは二人の肩をポンとたたいて笑う。

「候補曲、タマタク先生がいろいろ持ってきてくれたから。今日は聴いてみよ！」

タマタク先生が音楽プレイヤーと楽譜の束を出したので、みんなでそれをかこんだ。

小学校の音楽の授業くらいでしか歌ったことのないおれには、楽譜やタイトルを見ても、どんな曲かさっぱりわからない。と思っていたら、J-POPの有名な曲を合唱用にアレンジしたものもあった。合唱って、いろいろアリなんだなと感心する。

「おれ、楽譜ってあんま読めないんだよなぁ。葉村は読めんの？」

会長の質問に、葉村くんは「べ、勉強してるとこ」とこたえる。『グリークラブ』という単語を知っていた葉村くんのことだから、おれらが思っている以上に本格的な勉強をしているのかもしれない。

一方、楽譜には慣れっこの白鳥くんがタマタク先生に質問する。

「先生、音楽室のキーボードって、練習のときに借りられますか？　本当はピアノがいいけど、ピアノの予備なんてないですよね？」

「それなら――」

みんなのおしゃべりを横目に、アユミが見るからに楽しそうに音楽プレイヤーを操作する。

そしておれは、そんなアユミをなんとも複雑な気持ちで見つめていた。

いくつか候補曲が決まり、その日のミーティングは終了。時間がある人は、動画サイトなどで、どんな曲かもう一度聴いてくるのが宿題となった。

その晩、風呂に入って寝る支度をととのえ自室にこもったおれは、タブレット端末で動画サイトをひらきつつ、片手でスマホを操作していた。どこかの音大の合唱アンサンブルの整ったハーモニーを聴きながら、スマホで表示した検索サイトにこんな文字を入力してみる。

『男だけど男を好きになる』

数秒で、検索結果が表示された。

質問サービスのサイト、性教育についてのページ、LGBTQ+にかんするサイト……。

あれこれ見てみるも、真新しい情報はこれといってなかった。なぜかといえば、少し前から、似たようなキーワードで何度も検索していたから。

男の人を好きになる男の人のことは、ゲイと呼ぶ。LGBTQ+のGだ。そういう人がいるのは自然なことで、誰かを好きになること自体、とても尊いことです、といったようなことがサイトには書かれていた。

頭では、そうだなと思う。テレビでもセクシャルマイノリティについての話題を見たことはあるし、学校でもそういう講演を聞いたことがあった。知識としては、わかってる。

なのに、自分のこととしては、まったくさっぱりわからなかった。

アユミは男子だ。本人も、かわいいものが好きなだけの男子だと主張している。だから、友だちになろうと思った。友だちでいるのがふつうなんだからって。

そう自分に言いきかせていたのに。

アユミはやっぱりかわいかった。そのかわいさに、ついドキドキしてしまう。目で追ってしまう。前むきなところを尊敬もしてる。強引だし空気を読まないところもあるけど、そんなところも憎めないし好ましい。アユミが女子と仲よくしていると、なんだかもやっとしてしまう。

そして何より、アユミといると楽しくてうれしくて、どうしようもなく胸が苦しい。

この感情をなんと呼ぶかなんて、さすがに検索する必要もなかった。

自分でも、どうしたらいいのかわからない。男子なのにと頭ではわかっているのに、ドキドキする気持ちを、うれしくなったり悲しくなったりする感情をコントロールできない。それもこれも、アユミがかわいいのが悪い。じゃなきゃ、女子だなんてかんちがいしたりしなかった。

そんなふうに考えると、だけど、とひっかかる。

自分は、アユミが女の子だと思ったから、好きになったんだろうかって。

たしかに、最初はそのかわいさにドキドキした。でも、それだけじゃない。やさしいところ、明るくて前むきなところ、周囲もまきこんで好きなことに一直線なところ。そういうのもひっくるめて、アユミという人のことをいいなと思ったからだ。

そういうのに、性別って関係あるんだろうか。

検索をつづけても、ほしいこたえなんてどこにもない。ふとタブレット端末のほうに目をやると、いつの間にかまったく知らない合唱曲が流れていた。

……仮に、おれがゲイというものだったとして。

あくまで男子であるアユミは、それをどう思うだろう。好きになるのは女の人だという男の人が、世のなかではマジョリティ。確率的にも、アユミもそうである可能性のほうが高いわけで。

おれに——男に好かれてる、なんてわかったら、迷惑かもしれない。

深呼吸して顔をあげた。

どうしたらいいか、選択肢なんてないに等しいことはわかってる。

キラわれないために、友だちでいるために。できることをしようと心に誓った。

♪
♪

そんなふうに誓ってから一週間もたっていない、翌週のことだった。

「二宮くんのこと、好きです。つきあってください！」

なんて、クラスメイトの倉内さんから告白された。

七月頭の『市民ふれあいフェスティバル』にむけ、グリークラブの練習は毎放課後行っていた。けど、水曜日だけはすべての部活が活動休止。例にもれずその日の放課後は練習がなく、会長といっしょに帰ろうとしていたところ、倉内さんに呼びとめられた。

「ちょっといいかな。話があるんだけど……」

会長は教室で待っていてくれるらしい。かくして倉内さんと二人で話をすることになり、人気のない非常階段のところに移動した。何か相談でもあるのかなと、ぼんやり考えていたところ、先ほどの告白をされたというわけである。

「えっと……」

倉内さんは顔をまっ赤にしてうつむいていた。どうしよう。

クラスメイトだし、倉内さんとはたまに話すあいだがらだった。グリークラブを無事に設立できたと話すと、「おめでとう」と自分のことのようによろこんでもくれた。

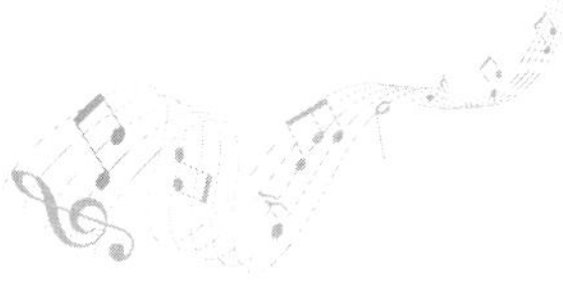

「合唱つながりだし、何かあったら言ってね」なんて言葉もくれ、いい子なんだなぁとは思ってた。

でもそうか、それってふつうに、好意があってのことだったのか……。

誰かを好きになる気持ちなら、前よりはわかるようになったと思う。

そして、なんだか目の前の倉内さんが少しうらやましくなった。

こんなふうに相手に「好きだ」と伝えられるなんていいな、と。好きだって気持ちを、誰にも見つからないように、胸の奥にしまう必要がないんだから。

そんなことを考えていたら、ふと思い出した。

告白されたこと自体は、じつは今回がはじめてじゃなかった。小学校時代は、好きとかつきあうとかいまいちわからなかったし、なんとなくめんどうな感じもあって、これまでは断ってきた。

そんなふうに告白を断ったあるとき、会長にこんなことを言われたのだ。

『とりあえず、つきあってみてから考えればいいのに』

そのときは、とりあえずつきあうなんて不誠実というか、相手に悪いという気持ちしかなかった。

けど、と今の自分の状況を思いかえす。

好きになってもしょうがない人のことを考えているよりは、無理矢理にでも、べつの人を好きになったほうがいいんじゃないんだろうか。

なんてことを考えて、すぐさま自分の最低さにげんなりした。アユミを好きな気持ちを忘れるためにつきあうなんて、倉内さんに悪いにもほどがある。

それでも、そんな考えをどうしてもすぐには捨てきれなくて。

「……ちょっとだけ、待ってもらってもいい？」

倉内さんは赤くなっている顔をあげた。

「突然のことで、びっくりしちゃって。今すぐ返事はむずかしい、というか」

倉内さんはコクコクとうなずく。

「もちろん！　突然だったよね。わたしのこと、よく知らないよね」

倉内さんのことは、たしかによく知らなかった。けど、返事を先のばしにしたかったのはそれとはまったくべつの理由で、たちまち罪悪感がふくれあがる。

「ごめん。でも、あんまり待たせるのも悪いから。返事の期限、決めてもらっていいかな？」

おれとしては、一週間とか数日のつもりで期限を聞いた。けど。

「じゃあ、七月七日！」

まさかの一か月以上も先。

「じつは、七夕の翌日が誕生日なんだ。だから、それまでに返事を教えてもらえたらうれしいなって」

長すぎる、と思えど、聞いた手前こちらから訂正もできない。

「わかりました」

「うん。考えてくれてありがとう！」

そのあと、おれたちは二人で教室にもどり、倉内さんとメッセージアプリのIDを交換した。「たまにメッセージ送ってもいい？」と聞かれ、断れなかったのだ。

かくして倉内さんは明るい顔で教室を去っていき、そして。

教室で待っていた会長に、ニヤニヤした顔でボディアタックをされた。

「彼女できた？」

「ちがうし」

「ホントに？　倉内さんって、見るからにハルトのこと好きじゃん」

なんて言われて目を丸くする。

「なんでそう思うの？」

「勘。ファンクラブ会長だし、同類の気配には敏感なんですよ」

会長は鼻高々に笑ったけど、たちまち固まってしまったおれに気づいてきょとんとする。

「何？」

「会長は……おれのこと、好きなわけ？」

だって会長は幼なじみで、誰よりもつきあいの長い友だちで――。

「ファンだし友だちなんだから、まぁその、好きには決まってんじゃん。――ってか、なんだよ『好き』って！　恥ずかしーな。何言わせんだよ」

友だち、というその言葉にたちまち安堵し、直後。

おれはどうしようもなくなって、その場にしゃがみこんだ。

「え、何、どうしたんだよ」

会長が頭をツンツンしてくるけど、されるがままで動けない。

友だちだと思っていた人に、そういう意味で好かれているんじゃないか。そう考えた瞬間、どうしようもなく困惑して、なんだか怖いような気持ちになってしまったのだ。おれも会長のことは友だちとして好きだし、大事に思っているはずなのに。

大きく息を吸ってはいて、それでもなかなか鼓動がおちつかない。バクバク鳴る自分の心臓の音を聞きながら、アユミのことを考えた。

アユミも、おれに好意を持たれてるってわかったら、こんなふうに思うだろうか。

……倉内さんの告白を、断らなくてよかった。

♪　♪

五月の末にはタマタク先生が言っていたように中間テストがあり、テスト前はすべての部活が活動停止になる。このため、その日は今月最後のグリークラブの練習日だった。

アユミに対して変な態度をとったりしないように、顔に出したりしないように自分に言いきかせながら部室にむかったものの、そんなドキドキするような空気にはならなかった。

「そんなに、あれもこれもいきなりできないって」

今日の練習メニューをホワイトボードに書きだしたアユミに、そう抗議したのは会長。

筋トレ、発声練習、音階練習、パート練習、全体練習……。

まぁムリだろうなと、おれも思った。先週から少しずつ基礎練をしているけど、楽譜を読むのに手こずっている会長は、音とりについていくので精いっぱい。葉村くんも、会長よりは楽譜を読めるようだけど、声を出すこと自体に苦労している。それに何より、放課後の部活の時間はそんなに長くない。

今日はピアノのレッスンがあるという白鳥くんと、職員会議中のタマタク先生は不

在。微妙な空気になった会長とアユミのあいだに、おれは割って入った。

「明日から部活も休みになるしさ。今日は音とり中心にしたらどうかな？」

「でも、本番にむけて練習したくない？」

するると、「そもそもさ」と会長。

「結成して一か月で本番って早くない？」

「早くないよ！　歌は、楽器みたいに最初は音が出ないってことはないんだから。上手になるには、もちろん時間はかかるけどさ。たくさん歌ってたくさん舞台に立って、そうやって経験をつんでかないと！」

「でも、ペースっていうか。スポーツでもなんでも、最初はムリせずにやらないと」

会長の意見に同意したおれに、アユミはたちまち不服そうな顔になり、静かに深呼吸すると「五分休憩！」と言った。

「このあと、腹筋やって発声練習ね」

アユミは頭を冷やすためか、一人部室を出ていく。それを追いかけようか迷ったけど、ひとまず会長と話すことにした。

「ムリはしなくていいけど、やれることはやってみようよ」

会長は静かに嘆息する。

「おれ、『市民ふれあいフェスティバル』、行ったことあるって言ったじゃん？」

「うん」

「思い出したんだよ。すごくたくさん人がいたなって。そんなステージに、まだろく
に楽譜も読めないのに、本当に立てんのかな」

会長の気持ちはわからなくもない。おれだって初心者も初心者だし。だけど。

「会長、がんばってるじゃん」

会長が手にしている楽譜のファイルに目をやった。楽譜が読めないと言っていた会
長は、すべての音符の下に、青ペンで小さくドレミを書きこんでいる。やる気がな
かったら、そんな作業、できないと思うのだ。

「カラオケは得意なんだしさ」

「カラオケとは全然ちがうってー」

「おれのほうこそ、会長より音域せまいし声も出ないし」

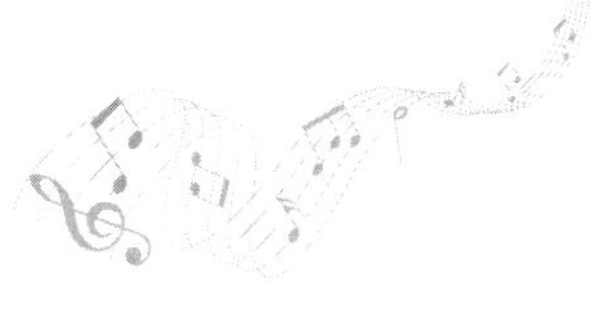

少し前にパート決めのために音域を確認したんだけど、高音が得意なアユミのつぎに音域が広いのは会長だった。葉村くんは低音がよく出ていて、おれが一番中途半端。結局のところ、苦手だと思って声を出すことを敬遠していたから、余計に歌うことが苦手になっていたのかもしれない。練習したら思っていたより声は出たし、前よりは高い音も出るようになってきた。あたり前のことだけど、できないと思ってやらないと、なんにもできるようにはならない。

「この曲も、なんかむずかしいよな」

葉村くんと三人で楽譜を見る。七月の発表曲のうちの一曲『夢みたものは……』。『せっかくのグリークラブだし、男声合唱曲も入れよう』というタマタク先生の言葉によって決まったものだ。

合唱にはいろんな編成があり、音楽の授業でやるような男女いっしょに歌うものが混声合唱、うちの合唱部みたいな女子だけの編成が女声合唱、そしておれたちのグリークラブみたいな男子だけの編成は男声合唱という。『夢みたものは……』はもともと混声合唱の曲だが、男声合唱むけに作曲された楽譜を今回は使う。トップテノール、セカンドテノール、バリトン、バスの四部合唱だ。
「だだ、男声合唱って、音の響きがふ、不思議な感じが、するよね」

葉村くんの言葉に、「わかる」とおれは同意した。

音楽の授業だと基本的に混声合唱だし、はじめて男声合唱の音源を聴いたとき、それこそちょっと不思議な感じがした。合唱といえば主旋律は高音というイメージだけど、男声のみなので主旋律ももちろん低音。低音ならではの迫力や力強さがあって、こんな合唱もあるんだって新鮮だった。

「どど動画サイトで、いろ、いろいろ、聴いてみた。カ、カッコよかった」

「だよね。歌えるようになったら、きっとカッコいいよ」

おれと葉村くんの言葉に、会長は小さく「うん」とこたえた。

少ししてアユミももどってきて、基礎練をすることになった。腹筋とストレッチ、それからタマタク先生が持ってきてくれた教本に載っている音階練習。その後、各々音源を聴きながら音とりをしたところで、下校時刻を知らせる音楽が校舎に流れた。

部室の片づけをしながら、おれはアユミに声をかけた。

「今日の練習、よかったんじゃないかな」

全体練習はできなかったけど、みんなの音とりは進んだ気がする。

けど、アユミの表情はうかない。

「音とりを効率よく進める方法、考えなきゃ」

あせってもしょうがないよ、なんてことは言えなかった。練習ははじまったばかりとはいえ、誰よりも全体を見ていて、進ちょくについて考えているのもアユミだろうし。

小学校時代のバスケ部でも、運動神経がいい人もいれば、練習熱心だけどなかなかうまくできない人もいた。いろんな人が集まって何かをするのって、スポーツでも音楽でもむずかしい。


それから一週間はテスト勉強に集中し、三日間におよぶ中間テストが無事に終了、五月も末日となった。

その日の放課後から、ようやく練習も再開。テスト勉強のBGMにときどき合唱曲を聴いていたおれは、ひさびさの練習で気合いを入れていたんだけど。

「渡瀬くん、用事があるから今日は練習休むって」

部室でタマタク先生にそんなふうに伝えられた。アユミと同じクラスの葉村くんも、

「わわ、渡瀬くん、すぐ、帰っちゃった」と教えてくれた。

なんだか心配になって、その晩、メッセージを送ろうか迷ったものの、結局送れなかった。おまけにその日は週末で、つぎに学校があるのは二日後の月曜日。連絡すべきかたっぷり迷い、何もできないまま週があけた。


♪

♪


一日部活を休んだだけで気にしすぎなのではと思った。変に心配しすぎて、おかしく思われたりしないかとも。

けど、これでも一応副部長。休んだ部長の心配をするくらいおかしくないだろうと結論づけ、月曜の朝、登校してすぐに三組の教室をのぞいた。

アユミはまだ来ていなくて、ホッとするような、さらに心配になるような心地でいたら。

「おはよー。何してんの？」

背後からポンと肩をたたかれておどろいた。アユミだ。

「おはよう」

五月の下旬から制服は夏服への移行期間になっていて、おれはまだ長そでシャツを着ていたけど、アユミはもう半そでになっていた。白いシャツにリボン、そしてあわいグリーンのベストを着ている。

アユミは、見たところいつもどおりに思えた。それでも、なんとなく元気百パーセントって感じがしない。

「先週、部活休んでたから、気になって。ほらおれ、副部長だし」

アユミはたちまち微妙な顔になって「ごめんね」とこたえる。

「練習、大丈夫だった？」

「それは大丈夫。タマタク先生がいたし、基礎練やったよ。音とりもした」

「そっか……」

アユミはホッとしたように肩の力を抜く。やっぱり、元気がないように見える。

「何かあった？　あ、話したくなければ、いいんだけど」

すると、アユミは小さな声で「話したい」とつぶやいた。

廊下の奥、先月倉内さんに告白された非常階段のところに出て、ならんで手すりにもたれた。こんなふうにおちこんでいるアユミを見るのははじめてで、心臓がイヤな音を立てる。

「なんか、ごめん。話してどうにかなることでもないんだけど」

「それはほら、話せば気が軽くなることもあるし……」

考えてみると、おれはアユミのことを、なんにも知らなかった。家族のことも、友人関係も、知ってることなんてほとんどない。

そのことにこちらまでおちこむような複雑な気持ちでいたら、アユミはポツポツ話しだした。

「おれのおばあちゃん、若松一中の出身なんだ」

アユミのおばあさんは、若松第一学園中学が、若松第一女学園という名の女子中学だった時代の卒業生なのだという。そして、合唱部に所属していた。

「歌うのが好きでさ。結婚して子育てがおちついてから、社会人サークルに所属して、ずっと歌ってたんだ」

その練習に、幼いころ、アユミもよくついていっていたんだという。それもあって、アユミは合唱のことにくわしくなったらしい。

「おれ、おばあちゃんがいた部だから、合唱部に入りたかったんだよね。入れなかったけど」

そして、アユミはおれを見て笑った。

「ハルトのおかげでグリークラブができたから、それはよかったんだけどさ」

そんなおばあさんが、数年前に認知症になった。

「おばあちゃん、いつもにこにこしてる、かわいい人なんだ。でも、全然笑わなくなっちゃって。今は、週の半分くらいは施設に入ってる。先週、おばあちゃんがベッドからおちてケガしちゃってさ。入院の必要とかはなかったんだけど、いろいろ心配で練習休んだんだ」

「そっか……」

おれの祖父母は父方も母方も健在で、今のところ大きなケガや病気もない。けど、もちろん高齢だし、そんなふうに病気やケガをすることがこれから増えてくるのかもしれない。そう考えたら、なんだか会いたくなってきた。

「おばあさん、心配だね」

「うん。本当は七月のステージも見てもらいたかったんだけど、ケガしちゃったしムリそう。そういう事情もあったから、練習、ちょっとあせってたのかも。いろいろごめん」

うまく言葉をかえせずにいたら、朝のホームルームの予鈴が聞こえた。「話、聞いてくれてありがと！」とアユミはパッと表情を明るくする。その作ったような笑顔を見て、胸がどうしようもなくしめつけられて、考えた。

おれにできることは、ないのかな。

力になりたいと思うのは、友だちとしてもおかしくないよな。

その日の放課後、アユミは今までのように練習に参加した。練習ではかんたんに基礎練をやったあと、音とりができた曲は歌ったりもした。先日のようにアユミに周囲をせかすような様子もなかったし、練習は終始なごやかな雰囲気のままおわった。

下校時刻になり、みんなとわかれて会長と二人になったところで、おれはある相談を持ちかけた。


それから、四日後の放課後。

「今日の練習、先に歌いたい曲があるんだけど」

部室のホワイトボードに練習メニューを書こうとしていたアユミを、おれはとめた。

アユミは「なんの曲？」と目をパチクリとさせる。

「これ」

楽譜を見せた。七月のステージにむけて練習している曲の一つ、童謡メドレー。小学校の音楽の授業でも歌ったことのあるような、昔懐かしの童謡が数曲ふくまれているものだ。

「いいけど……」

アユミもいっしょに音とりをしているし、部活の時間にももちろん練習してる。どうしてこの曲だけ？　と言いたげに首をかしげたアユミも楽譜を手にし、みんなで横一列にならんだ。白鳥くんが電子キーボードをセッティングし、ドの音を鳴らす。

おれが目配せし、白鳥くんがピアノの和音を奏でた。

——そうして、最後まで歌いおわるやいなや。

「え、え、え？」

アユミが目をまたたいた。

「なんか、みんなちょっと上手になってない？」

アユミ以外の全員で視線をかわし、そしてハイタッチ。

「じつは童謡メドレーだけ、みんなでコソ練したんだ」

おれと会長のおなじみのカラオケスナック《カンタービレ》に、葉村くんと白鳥くんも招待し、練習したのだ。

なお、《カンタービレ》には古いアップライトピアノもあって、白鳥くんが藤子さんのために一曲披露した。ショパンのなんとか第二番っていうおれもどこかで聴いたことがある曲で、指がとんでもない速さで動いていてよく見えなかった。そして、『夜を暗示する曲で、ショパンの作品がとくに有名』とかなんとか、曲の解説はなぜか葉村くんがした。葉村くんの家にはクラシック音楽のCDがたくさんあって、くわしかったらしい。二人のおかげで藤子さんは機嫌をよくし、いつもはお冷やなのにオレンジジュースを出してくれた。

「アユミが前に言ってたように、経験をつむって大事だと思ったんだ。でも、いきなり大人数の前で本番は、やっぱり緊張するだろ。だから、運動部みたいにさ、練習試合みたいなものができたらどうかなって思ったんだよね」

「練習試合……？」

童謡メドレーは最初からなんとなく知っている曲も多く、会長や葉村くんも歌いやすそうだった。これならと思い、おれは提案した。

練習試合にどうかなって。

「七月のステージの前に、童謡メドレーだけ、人前で歌ってみるのはどうかな？　それで、もし可能なら。アユミのおばあさんに、聴いてもらうのはどう？」

アユミはヒュッと息をのみ、おれたちを見て、それから部室のすみで様子を見ていたタマタク先生を見た。

「タマタク先生、いいと思う？」

「渡瀬くんのおうちの人がいいって言うなら、もちろん」

アユミはおちつかないように身体を揺らし、それからおれたちにむきなおる。

「ありがとう！　ホントにありがとう！」

アユミはツインテールをふりまわすようにして頭をさげた。

♪　♪

昼過ぎに待ちあわせのＪＲの駅に会長といっしょにむかうと、駅前のロータリーにはすでにアユミと葉村くん、白鳥くんの姿があった。おれと会長待ちだったらしい。

土曜日だけど、今日はみんな制服姿。六月も半ばを過ぎ、半そでシャツの夏服だ。

少しはなれたところでタマタク先生と中年の女の人が頭をさげあうように話していて、アユミが「あれ、うちのお母さん」と説明した。

「会長と葉村くん、白鳥くんはタマタク先生の車で、ハルトはうちの車ね」

おれだけ指名されてドキンとしたけど、「今日の段どりの話、したいから」とすぐに補足される。

おれの提案で、アユミのおばあさんに歌を聴かせることになった。

もともと、おれはおばあさんの前でだけ歌うことを想定していた。けど、気づいたら話が大きくなっていて、せっかくならおばあさんの通っている施設で歌ったらどうかという話になり、今日がその本番。

想定していたよりずっと規模の大きなものにはなったけど、それでも、七月のステージよりはずっと小規模、練習試合にはなるだろう。

案内された車の後部座席に、アユミとならんで乗りこんだ。運転席にいるアユミのお母さんに、「今日はよろしくね！」とあいさつされる。

「こちらこそ、なんか大がかりになってしまって……」

「ハルトくんの話、いつもアユミから聞いてるのよ。今回もハルトくんが提案してくれたんだってね。ありがとう！」

アユミの明るさはお母さんゆずりのものらしい。アユミの親は、男子のアユミがかわいい格好でいることを認めている。どんな人なんだろうと前から思っていたけど、なんだか納得できた。見るからに大らかそうというか、朗らかな雰囲気というか。

おれが「とんでもないです」と恐縮していたら、アユミにとなりからこづかれた。

「こういうときは、『どういたしまして』って言っとけばいいんだよ！」

距離が近づいてふわりといい匂いがし、顔の表面が熱くなる。おちつけおちつけと心のなかでとなえているうちに車が動きだした。


施設につくと、予想以上の歓迎ぶりでむかえいれられて食堂に案内された。

まだお昼ごはんがおわって少ししかたっていないそうで、食堂は人がいっぱいでにぎやか。すみのほうのテーブルといすが寄せられていて、即席の舞台が設けられてい

る。

アユミは到着するなり、「おばあちゃん！」と声をかけ、車いすに座ったおばあさんのもとに駆けた。小柄でふわふわした白髪のおばあさんは、左手首に包帯を巻いている。

「今日、おれ、歌うからね」

おばあさんはぼんやりした目でアユミを見て、話を理解できているのかわからなかったが、小さくうなずいた。

そうして緊張する間もなく、バタバタしているうちにいよいよ本番。すみのほうで軽く発声練習をしたあと、アユミの発案で輪になって手を前に出した。

「円陣なんて、大げさじゃね？」

なんて言った会長に、葉村くんがかえした。

「え、ええ円陣は、サイキングアップの効果がある、あるんだって」

「サイキ……？」

「し、士気がたた高まる、効果のこと」

「葉村って、なんで変なことにくわしいの？」

「なんでもいいから早く！」とアユミにせかされ、会長も手を出す。

「グリークラブの初舞台なんだから、こういうのもやらなきゃ。——みんな、今日はありがとね。はじめての舞台、楽しく歌おーね！」

手を重ねて、みんなで顔を見あわせる。おー、と声をそろえた。

「——それでは、若松第一学園中学、グリークラブのみなさんによる合唱です！」

わっと拍手され、舞台の中央に出てならび、そろって礼をする。ステージむかって左から、トップテノールのアユミ、セカンドテノールの会長、バリトンのおれ、バスの葉村くんのならびだ。四人の合唱なので、指揮者はなし。会員の少なさゆえ、一人一パートで歌う構成だ。責任重大だし最初はそれだけでプレッシャーだったけど、日々の練習のおかげで少しは慣れてきたかも。

ステージ右側、ぼくらのななめ前くらいに陣どった白鳥くんが電子キーボードでドの音を鳴らし、小さな声で音をとる。

そうして、白鳥くんが大きく呼吸をするように身体をゆらし、和音を奏でた。

ゆったりした三拍子の音楽。四小節の短い前奏、そして歌がはじまる。

――♪うさぎ追いしかの山　小ぶな釣りしかの川

一曲目は『故郷』。一九一四年に発表された曲なので、今から百年以上も前の曲ということになる。小学校の音楽の授業でも歌ったことがある曲だけど、そのときはハモりはなかった。おれは下から二番目に低いバリトンパートで、へ音記号の楽譜。メロディではないハモリの音だと、知っている曲でもまたちがったように感じられる。

腹式呼吸を意識して、ていねいに言葉を一つずつおいていくイメージで歌っていく。歌には詞があって、それぞれの言葉には意味がある。いくら音がとれていても、何を言っているのかわからなければ伝わらない。練習では、言葉の意味を大事にするように、感情をこめて、と何度も注意された。

――♪夢は今もめぐりて　忘れがたき故郷

「忘れがーたき、ふるさと」

前のほうに座っていた、九十歳くらいかと思われる小柄なおばあさんも歌いだした。するると、同じように歌う人が一人、二人と増えていく。

四人だけの合唱が、あっという間に大合唱に。

そうこうしているうちに曲調が変わる。白鳥くんの右手がポロロロン、と和音を奏でる。つぎの曲、『朧月夜』がはじまった。歌い出しはバリトンとバス、つまりおれと葉村くんの二人。となりに立った葉村くんと視線をかわし、そして伴奏の白鳥くんとも目配せしあって歌いだす。

――♪菜の花畠に　入日薄れ
見わたす山の端　霞ふかし

この曲も、『故郷』と同じ年に発表された曲で三拍子。歌詞の冒頭にもある菜の花は千葉県の花でもあり、春になると街のあちこちで黄色い花が咲く。そんな景色をイメージしながら歌うと、ちょっと曲の印象が変わった。どんな曲か、頭のなかでイメージをふくらませながら歌うといいってタマタク先生も言っていたので、葉村くんと菜の花の画像を探していっしょに見たりもした。

先ほどまでと同じように、おじいさんとおばあさんもいっしょに歌ってくれる。もうすっかり緊張はなくなって、みんな競いあうように声を出す。おれもピアノのとこ

ろはボリュームをおさえたけど、フォルテでは遠慮なく声を出した。

そのあとは『われは海の子』、そして最後は『村祭』。アップテンポで、まさにおまつりな雰囲気。ピアノの伴奏がはじまって少しすると、みんなが手拍子をしはじめた。

――♪どーんど　どんどん　どーんど　どんどん

**　どーんど　どんどん　どーんど　どんどん**

最初は弱く、徐々にまつりの輪に近づいていくようなイメージ。クレッシェンド、だんだん大きくにぎやかに！

そして、アユミが一歩前に出た。

――♪村の鎮守の神様の　今日はめでたい御祭日

トップテノールのソロ。そして、あいの手をうつようにみんなでつづく。

――♪どんどんひやらら　どんひやらら

「どんどんひやらら　どんひやらら！」

たくさんの手拍子、そして歌声が一つになってく。

――♪どーんど　どんどん　どーんど　どんどん

どーんど　どんどん　どーんど　どんどん

最後は思いっきり息を吸い、音を遠くに飛ばすつもりで伸ばす。メゾピアノからクレッシェンド。みんなで目配せしあう。最後に白鳥くんが大きな身ぶりで和音を奏で、その動きにあわせてフィニッシュ！

ほんの一瞬、しんとなった。直後。

盛りあがっていた食堂が、今日一番にわいた。

鳴りやまない拍手。なかには目に涙をうかべて手をたたいてくれているおばあさんもいて、こちらまでぐっと来てしまう。

みんなで視線をかわした。会長も葉村くんも興奮したような顔をしている。こういう場に慣れているであろう白鳥くんも、余裕のある表情ながらも微笑んでいる。

そして、アユミは。

車いすに座った、おばあさんのほうを見ていた。

アユミのお母さんがそばにつきそっているおばあさんは、大きく手をたたいていた。

みんなが拍手をやめても、いつまでもいつまでも。

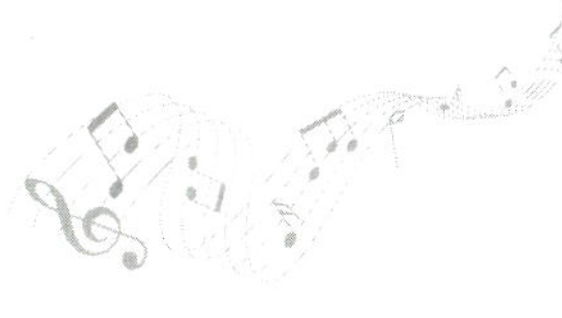

ふんわりやわらかい笑みをうかべて。

アユミが頰をわずかに赤くし、唇をひきむすぶ。白鳥くんも立ちあがり、せーの、と合図して「ありがとうございました！」と頭をさげた。

ふたたびの拍手。そして、どこからともなく「アンコール！」の声があがった。

アンコールの声はおさまらず、結局予定を押して童謡メドレーをもう一周歌い、グリークラブとしてはじめての舞台は大盛りあがりで幕をおろした。

練習中は、正確な音程でとか、言葉を大事にとか、むずかしいことをたくさん考えていた。でも、本番はただただ楽しかった。場の一体感、みたいなものをビリビリと感じた。

歌ってすごいんだなって実感する。年齢も性別も飛びこえて、あんなふうに一つになれてしまう。

もしコンクールの舞台に立つのだったら、もっと技術的なことをたくさん考えないといけないんだろう。でも、おれたちが今度立つのは『市民ふれあいフェスティバル』、つまりはおまつりの舞台なわけで。『村祭』での盛りあがりを思い出す。あんなふうに、聴いている人もいっしょに楽しめるように歌えたらいいのかもしれない。

そうやって楽しくやっていくうちに、できることが増え、むずかしいこともできるようになっていく。バスケでも、最初はボールで遊んでいただけなのに、かんたんなパスやドリブルを覚えて、やがて試合に出れるようになった。算数でも、ものの数えかたからはじまって、足し算ひき算、かけ算わり算と少しずつむずかしくなっていく。今授業でやっているのは方程式だ。

スタッフさんたちに見送られ、おれたちは施設を出た。行きと同じように、おれは渡瀬家の車に乗せてもらう。後部座席に乗ろうとした、そのとき。

「――あのさ、ハルト」

ふいに、あらたまったようにアユミに声をかけられた。不思議に思って見かえすと、アユミは大きな笑顔をうかべている。

「いろいろ、ありがと!」

胸のうちでおさえていたいろんな感情が、思いがけずあふれかけ、のどの奥に力を

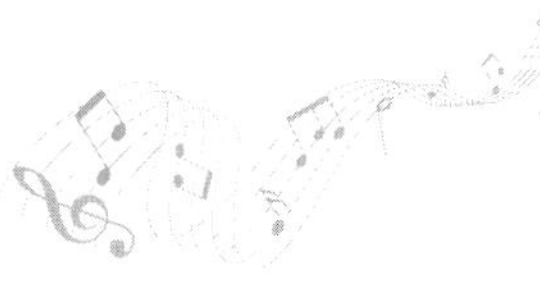

こめる。

「……どういたしまして」

アユミのために何かしたかった。力になれたっていうことなら、本当にうれしい。

なのに……。

その後も、アユミはずっとご機嫌だった。車に乗るなり、ずっと『村祭』のメロディを口ずさんでいる。

「ハルトもいっしょに歌おうよ」

「おれはいいって」

アユミのお母さんはクスクスと笑っていた。アユミは「ケチ」と唇をとがらせたが、すぐに楽しそうな顔にもどって、メロディをまた頭からくりかえす。

顔の表面がどうしようもなく熱くて、おれは窓の外を見るフリをして顔をそむけていた。隠さないといけないのに。こんなんじゃ……。

「あーさから聞こえる、ふーえタイコ?」

ん？　とアユミが歌うのをやめ、せきばらいをする。たいこ、の部分だけ、変な音だった。いつものびやかで、正確な音程で歌うアユミらしくない。

「どうしたの？」

運転中のお母さんにも聞かれ、アユミがこたえる。

「わかんな……え、え？」

その声は、聞いたことのない低さだった。

5曲目 マイバラード

週が明け、月曜日になった。

登校してきたアユミは、いつもどおりかわいかった――けど、その顔の半分を大きなマスクがおおっていた。

「風邪だったの？」

廊下で待っていたおれが聞くなり、アユミは目もとをゆがませて首を横にふる。

――一昨日、施設で歌ったあとの帰りの車で。

アユミは何度も高い声を出そうとしては失敗し、しまいにはのどがガラガラになってお母さんにとめられた。『のどが疲れたのかもしれないよ』とお母さんに言われ、あのときは納得していたみたいだけど……。

アユミはスクールバッグからタブレット端末を出すと、メモアプリに文字を入力した。

《のど飴も加湿器もはちみつも効果ナシ》

「声、出ないの？」

アユミは首をまたふるふるとふる。

《しゃべりたくないだけ》

「しゃべりたくないって……」

アユミはタブレット端末にまた文字を入力しようとした。けど、やがてあきらめたように両手をだらんとおろす。

「……声変わり、したみたい」

低くて小さな声でそんなふうにこたえるなり、大きなその目に涙をうかべた。

思いがけず泣きだしたアユミの手をひき、先日と同じように非常階段につれていった。ポロポロと涙をこぼしていて、ポケットティッシュをあげると「あひがろう」とこたえてマスクをはずす。

「その……声変わり、びっくりするよね。おれは一年前だったけど、最初は自分の声じゃないみたいだったし」

アユミはぐずぐず洟（はな）をかみ、赤い目をあげた。

「でも、ハルトはカッコいいじゃん」

そんな場合（ばあい）じゃないのに、うっかりドキンとしてしまって、頬（ほお）の筋肉（きんにく）に力をこめる。

「カッコいいなら、いいじゃん。でもおれ、こんなんじゃ、全然かわいくない」

アユミは〝かわいい〟にとんでもなく強いこだわりがある。涙の理由がようやくわかり、だからといって〝かわいい〟へのこだわりがないおれに、下手なぐさめなんてできる気がしない。

考えに考えて、おれは伝えた。

「そりゃ、前よりは低くなったけど。べつに変とかではないしさ」

「変じゃなくても、かわいくないなら意味ない」

「だけど――」

「こんなんじゃ、もう歌えない！」

その言葉に、思わずその手首をつかんだ。

「……かわいいし！」

大きな声で伝えた。

自分の声がわんっと短く響いて、すぐに消える。

涙で濡れたまつげをふるわせ、アユミはまっ赤になった目でおれを見た。

「アユミはかわいい！　すっごいかわいい！　おれが知ってるなかで、世界で一番かわいい！　――声だって、ちょっと低くなっただけじゃん。おれは、その声もキライじゃないというか……いいと思う！　なんていうか、アユミの声は、アユミの声なんだし」

男だろうが女だろうが関係なく、アユミがアユミだからこそ、おれはかわいいと思うわけで。

「アユミのかわいいは、そういうの全部ひっくるめてだと思う！」

アユミがずびっと洟をすする。

「アユミはかわいい。ぜったいかわいい。だから……歌えないなんて、言わないでよ」

つかんだ手を、そっとはなした。

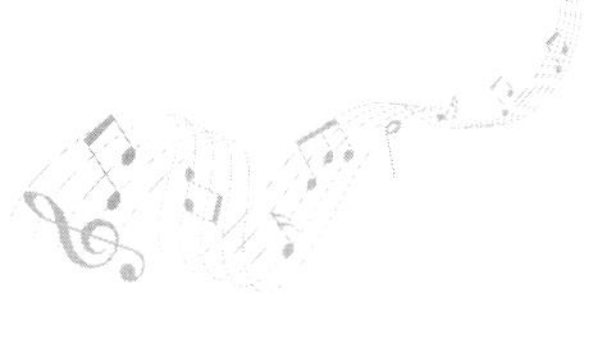

おれは、歌ってるアユミが好きなんだなって、そのときわかった。

かわいくて、かわいい自分が好きで、いつだって明るく楽しそうに歌う。

そんなアユミのことが好きだった。

そんなアユミに誘われたから、よく知りもしない合唱をやってみようって気になった。

アユミはだまってしまったおれを見て、新しいティッシュペーパーで洟をかんだ。

そして、目もとをぬぐっておれの顔をのぞきこむ。

「ハルト、泣きそう?」

「……なんで、おれが泣くんだよ」

そうこたえた声がわずかにふるえかけてしまって、唇をひきむすぶ。アユミはゆっくりとまぶたをとじ、静かに深呼吸すると、口角をあげて笑顔を作った。

「たくさん『かわいい』って言ってもらえたから、ちょっと元気出た」

たちまちおれの顔はまっ赤になって湯気が出かける。

「そーだね。おれ、かわいいもんね。世界で一番だもんね」

少し前の自分の言葉ながら、頭を抱えたくなった。好きだってバレたんじゃないかとヒヤヒヤするも、アユミは気にした様子はない。

「あとは、歌かなぁ」

白鳥くんが弾いてくれるピアノの音、ドレミファソファミレドの音階を聴き、それにつづくようにアの音で声を出した。そしてつぎは、一音あげて、レミファソラソファミレの音階。

「二宮くん、たしかに前より高い音、出てる感じするね」

白鳥くんが感心したように言い、さらに一音あげて音階を奏でた。

――その日の放課後、部室に集まるなり、アユミは声変わりのことをみんなに相談した。

急に声が低くなり、高い音が出せなくなってしまったこと。低い音なら出るものの、あまり安定しないこと。

「本番まであと少しなのに、ごめん……」

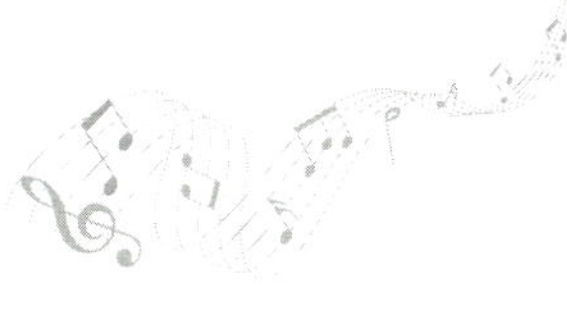

　七月の『市民ふれあいフェスティバル』まで、二週間以上あった。けど、七月の頭には期末テストがひかえていて、また部活動停止期間が一週間ある。練習に使える日数は、あと一週間ちょっとしかない。

「曲を変える……のは、今からきびしいよね」

　白鳥くんの言葉に、みんながうなずいた。

「そ、それなら、パート変更、とか？　声変わりの時期のパート変更は、よ、よくあることって、本で読んだけど……」

　葉村くんがそう提案し、みんなの視線が会長にむく。セカンドテノールの会長が、アユミがやっていたトップテノールに変更するのがよさそうに思えた。けど。

「今から音、とれるかな……」

　ドレミを書きこむくらい、会長は楽譜を読むのが得意じゃない。そんな会長に、今から一週間で新しい音とりをさせるのは酷な気がする。

　それなら、とおれは手をあげた。

「おれとアユミがパートを交換するのはどう？　バリトンの音域なら、アユミも出しやすいんじゃないかな」

そんなわけで、おれでもトップテノールを歌えるか確認するため、音階練習で音域の確認をしてみたのだった。

「ハルト、こんなに声、出るようになってたんだ」

アユミにも感心したように言われ、「そんなこと」と謙遜する。

グリークラブで正しい姿勢や腹式呼吸などを意識して練習するようになり、声の出しづらさに対する苦手意識はだいぶ軽減されたとは思う。おれは声変わりから一年以上たっているし、声が安定してきたんじゃないかとタマタク先生も言っていた。とはいえ。

「アユミほどきれいじゃないし」

出るようになったといっても、高い声はどこか不安定だしかすれがちでもある。

「でも、すごいよ。これなら――」

アユミはそう言いかけて、ふいに姿勢を正した。

「ハルト、本当に大丈夫？　今からパート変更なんて、やっぱり大変じゃない？」

「平気。パート変更するのはアユミも同じだし」

「それは、おれの事情だからしょうがないけど……」

「おれは多分、大丈夫。楽譜読むのも問題ないし、これまでの練習で、アユミのパートの音もとれてると思う」

かくしてパート変更が決まり、来月の『市民ふれあいフェスティバル』にむけた練習は追いこみの時期をむかえた。そしてばくぜんとした不安が漂うなか、期末テスト前の部活動停止期間に突入した。

♪　♪

「――二宮くん！」

放課後になって教室を出ようとした直後、倉内さんに声をかけられた。部活動停止期間に入ってすぐの日のことだった。

「じゃ、おれはお先に」なんて会長がさも気をまわしたようにいなくなってしまい、倉内さんと二人で話す流れになる。

「ごめん、用事とかあった？」

「とくにないけど……」

帰りのホームルームがおわったばかりで、廊下はどこも生徒でにぎやか。壁ぎわに移動し、どちらともなく顔を見あわせる。

倉内さんとはメッセージアプリのIDを交換したので、たまにやりとりをしていた。家族の話題では、おれは父親の話を、倉内さんは高校生のお姉さんの話をしたり。部活の話題では、合唱部は夏のコンクールにむけて練習がきびしくなってきたとか、グリークラブは高齢者施設で歌ったとか。いつも会話はそこそこつづいた。

でも、それだけ。友だちとやりとりしているのとちがわなかった。

ドキドキしたりとか特別楽しみにしたりとか、そういう感じにはなってない。

「もしよかったら、なんだけど。このあと、いっしょに勉強とかできないかなって」

倉内さんは、「図書室の自習室、広いんだって」とつづけた。

「その……期限も、もうすぐだし」

なんて言われて、告白の期限が近いことを思い出させられる。期限が先なのをいいことに、告白についてあまり考えられていなかった。いろんな気持ちを吹っきるためにも、試しにつきあってみればいいのでは——なんて考えるズルい自分もいたけど、あいかわらずアユミのことばかり考えてしまうしで、ふんぎりがつかない。

テスト勉強の名目で、一度くらい二人で過ごしてみようということなんだろうか。返事を先のばしした立場ゆえ、とても断りづらい。けど。

「ごめん」と謝った。

「家で勉強したくて」

たちまちシュンとしてしまった倉内さんに、あわてて説明する。

「今、テスト勉強の合間に発声練習してるんだ。じつは来月イベントで歌うんだけど、急にパートを変更することになっちゃって。タイマーをセットして、五十分勉強したら十分発声練習をする、みたいな感じでやってるから、家のほうが都合がよくて」

アユミには大丈夫だと伝えたものの、パート変更はやっぱりそれなりに大変だった。楽譜の音はとれていたけど、高い音をきれいに出せない。今回歌う曲では、バリトンでは高いドの音が一番高い音だったけど、トップテノールではそれよりもさらに五つ上、高いソの音がある。しかも、高いソの音が出てくる『夢みたものは』にかぎって、ピアノ伴奏のないアカペラ曲だった。伴奏があればごまかせそうだが、アカペラじゃそうはいかない。

そんなわけで、説明したような発声練習をしながらのテスト勉強を、おれはこの数日実践しているのだった。

倉内さんは残念そうな顔をしながらも、「そうなんだ」と納得はしてくれたよう。

「来月のイベントって、どんなの？」

「『市民ふれあいフェスティバル』ってイベントなんだけど」

「それ、聴きに行ってもいい？」

断る理由も思いうかばず、「もちろん」とこたえた。

「練習、がんばってね。楽しみにしてる！」

倉内さんはそう明るく言って教室にもどっていき、おれは小走りで昇降口にむかった。下駄箱のところで会長に追いついたので、「いっしょに帰る！」と声をかける。

「いいの？　デートなんじゃないの？」

なんてからかう会長を「そんなんじゃないから」とこづき、スニーカーにはきかえた。

そうやって、テスト勉強も歌の練習も並行してこなしていたんだけど。

「勉強の合間に歌うのって、効率アップにいいとか何かあるのか？」

期末テストまであと数日という日曜日の夕食の席で、父さんにそんなふうに聞かれた。

今日は何かのうちあわせだとかで、父さんが夕方まで帰ってこないのを確認したから発声練習をしていたのに。予定より帰宅が早かったらしい。

どうごまかそうか迷っていたら、目をパチクリとさせて口をひらいたのは母さん。

「合唱の練習なんでしょ？」

何言ってるの、と言わんばかりの母さんの口調に、父さんが不思議そうな顔になる。

「合唱？　夏なのに、合唱コンクールがあるのか？」

「そうじゃなくて、サークルの」

「サークル？」

父さんの眉根がたちまち寄り、おれはひきつった笑みでかえした。

五月に入部届を出さないといけなかったので、母さんには合唱サークルに入る旨を伝えてあった。はじめはおどろいていたけど、「やりたいならいいんじゃない」とあっさり了承してもらえた。けど、父さんには聞かれなかったし、グリークラブのことは話さないままになっていたのだ。

「ハルト、バスケ部なんじゃなかったのか？　それも合唱？　あ、もしかして兼部か？」

おれが何も言わないから、小学生のころにやってたバスケ部に入ったと思っていたらしい。

「兼部じゃない。グリークラブっていう、男声合唱やってて」

「男声合唱？」

「男子だけで合唱するんだけど」

「なんだそりゃ」

信じられないと言わんばかりのその言い方に、さすがにムッとする。

「『やりたいことがあればなんでもいいからな』って、前に言ってたじゃん」

「それは運動部だったらって話で……もったいないだろ。ハルトはなんでもできるのに」

「おれは、なんでもできないよ。なんでもできるようにならないとって、がんばってただけ。父さんの――二宮選手の息子だから」

苛立ちのあまりついそんなことを口にしてしまい、しまったと思ったときには父さんの表情が固まっていた。

たちまち食卓が重たい空気になってしまう。おれも冷静になり、気まずくなって「ごめん」と謝った。

父さんはうつむいてしまって顔をあげない。母さんが「お茶、淹れなおしましょうか」と席を立つ。

キッチンで母さんが食器棚から湯飲みを出す音を聞きつつ、おれは深呼吸した。

「……べつに、運動も勉強も、自分がやるって決めたからやってただけだから」

「そうか」

「それで今は、グリークラブやってるってだけ」

顔をあげた父さんは、いまいち納得しきれていないような表情をしている。

「合唱って、けっこうむずかしいんだよ。でも、声がきちんと重なると楽しいし、なんというか、感動、することもあって」

そこで、おれは席を立った。自室に駆けてすぐにもどり、とってきたチラシを父さんにわたす。

「来月、これに出るから。興味あったら観にきてよ」

『市民ふれあいフェスティバル』のチラシをわたすと、父さんはふいに表情をやわらげた。

「これなら、最初から行くつもりだった」

「え？」

「今日は『市民ふれあいフェスティバル』のうちあわせだったんだよ」

チラシには日時と場所などのかんたんな情報しか載っておらず、おれはスマホで検索した。公式サイトには、ゲストに父さんの写真と名前がばっちり掲載されている。

おれは肩をすくめ、父さんは笑った。母さんがお茶を持ってきてくれたので、あり

がたく受けとってすすった。

♪
♪

七月になって期末テストがおわると、テストの結果に一喜一憂する間もなかった。その後数日の練習でなんとか最終調整をおえ、いよいよ第一土曜、『市民ふれあいフェスティバル』の本番をむかえた。

会場は、八月には夏まつりが行われるという広い市民公園で、広場をかこむように食べもの屋さんの屋台がならんでいた。子どもむけのゲームコーナーなんかもあって、まだ午前中だというのにたくさんの人でにぎわっている。チラシに描かれていたような風船もかざりつけられ、夏の青空を受けて色あざやかに会場を彩っている。

午前十時に会場に到着したおれたちは、実行委員の人たちにそろってあいさつした。かんたんに本番の流れの説明を受けてマイクチェックをし、出番の十分前に集合するように言われてその場は解散。ひかえ室などはないので、衣装は最初から着てきている。

「本番まで、ごはん食べたりしてもいいってこと?」

立ちならぶ屋台のほうを見て会長が目をかがやかせる。おれたちの出番は十一時半からだ。

「食べてもいいけど、食べすぎると歌いにくくなるから気をつけて」

タマタク先生が注意し、アユミがすかさずそれにつけくわえた。

「Tシャツ汚したら承知しないからね!」

アユミの言葉にコクコクうなずき、会長は葉村くんを誘って屋台のほうへ去っていく。葉村くんが「辛いものは、のどによくないらしいよ」と会長に話し、「ならクレープにしよう」とかえすのが聞こえた。

それを見送って、アユミはうーんとうなる。

「Tシャツ、白じゃなくて黒にしておけばよかったかな」

期末テスト前、部活動停止期間の最中に、アユミが衣装としてオリジナルTシャツを勝手に発注していたのだ。白の地で、胸もとには黒い筆記体で『Wakamatsu Glee

Club(クラブ)』の文字。

「でも、白のほうが夏っぽくていいよ」

おれの言葉に、アユミはふふっと笑う。白いTシャツに、制服(せいふく)のチェックのスカートがとてもあっている。最初にTシャツ単体で見たときは、アユミにしてはシンプルというか、あんまりかわいい感じがしなかった。けど、着こなしたその姿(すがた)はきちんとかわいかった。ツインテールをむすんでいるピンクのリボンがよく映(は)えている。

「ハルトは何か食べないの？」

「おれは本番がおわってからでいい。ちょっと練習したいし」

広場のすみ、人気(ひとけ)のない木陰(こかげ)で練習するとおれが言うと、アユミと白鳥(しらとり)くんもついてきた。白鳥くんも、「ぼくも練習したい」とのこと。

まずは三人で『夢(ゆめ)みたものは……』を歌ってみることにした。スマホアプリのメトロノームでテンポをとりつつ、せーの、で歌いだす。

無伴奏(むばんそう)の『夢みたものは……』に、もともと伴奏者の白鳥くんの出番はない。けど、おれとアユミがパート変更(へんこう)をすることになり、何度か通し練習をしていたら、ふいに自分から申し出たのだ。

『ぼくも、バリトン歌っていい？』

アユミはがんばって歌っていたが、声変わり直後の不安定さもあって、以前ほど声が出ていなかった。ピアノ伴奏のある曲ではそこまで気にならなかったが、アカペラの『夢みたものは……』ではそれが顕著。そこに白鳥くんが入ってくれ、以前より音に厚みが出た。

ひととおり最後まで通せ、三人そろって顔を見あわせる。

「大丈夫、かな？」

白鳥くんが不安げな顔で聞いてくる。

「いい感じだったと思う！」

アユミの言葉に、白鳥くんはホッとしたように肩の力を抜いた。そんな白鳥くんに、アユミがあらためて礼を伝える。

「歌ってくれてありがとう。助かる」

白鳥くんは「歌は専門外だけどね」とこたえ、でもはにかむように笑った。

「みんなの練習見てて、ぼくも、ちょっと歌ってみたかったんだよね」

そして、ピアノを弾くように両手の指を動かしながら、ポツリともらす。

「ピアノ、じつは最近、あんまり楽しくなかったんだ」

「え？」

白鳥くんは週に何日もレッスンがあり、部の練習も参加できるのは半分くらい。小学生のころからピアノのコンクールにも出場していると聞いている。

「コンクールでも、あんまりいい結果じゃなくて」

「あんなに上手なのに？」

思わず目を丸くする。白鳥くんはピアノ伴奏の楽譜を、いつも初見ですらすらと弾く。

「ぼくくらいのレベルの人、たくさんいるから。顔のよさなら負けてないんだけどね」

「そういうものなんだ」

「だから、合唱のピアノ伴奏は、気分転換に軽く弾けたらいいやくらいのつもりでいたんだ。けど、ひさしぶりに、楽しく音楽やるのもいいなって思ったというか」

そして、白鳥くんは両手にギュッとこぶしを作った。

「今日の舞台、無事におわったらさ。つぎのコンクールもがんばってみるよ」

おれとアユミはその決意表明に全力の拍手を送り、白鳥くんは優雅なおじぎでこたえた。

少しして、会長と葉村くんがレインボーカラーの綿菓子のカップを持ってこちらにやってきた。クレープはやめたのかと聞くと、もう食べおわったとのこと。綿菓子をみんなでつまんで手をベタベタにし、それから最後の練習としてもう一度歌った。

湿度の高い空気、木々のざわめき、揺らめく木もれ日、はなれたところのおまつりの喧噪。夏の景色のなかにおれたちの声がひろがって、響いてとけて消えていく。

いよいよ本番だ。


「――若松第一学園中学グリークラブのみなさん、こちらからどうぞ！」

係の人に案内され、おれたちはそれぞれ楽譜を手に、客席から見て左側、下手からステージにあがった。ぞろぞろと歩いていき、いつもの練習と同じならび順で、広い

舞台のまんなかに横一列で立つ。

広場のすみに設置されたステージは、そんなに高さがなかった。体育館の舞台よりも低い。それでもダンスグループなどのパフォーマンスができるくらいには幅と奥行きがあり、立ったら広場を一望できた。アユミのおばあさんの施設の食堂とも、バスケの試合会場の体育館ともまたちがう。

舞台に立つのって、こんな感じなんだ。

何かがはじまるようだと、ステージに近づいてくる人も少なくない。そんな観客のなかに、父さんと母さんを見つけた。母さんと目があい、ひらひらと手をふられて顔が熱くなる。そのそばには会長の両親や藤子さん、それにアユミの母親の姿もあって、なんだか授業参観の気分だ。葉村くんや白鳥くんの親も来ているかもしれない。

それから、こちらを見ている女の子にも気がつく。倉内さん。私服姿を見るのははじめてで、ひざ丈のパンツにかわいらしいブラウスをあわせている。

告白の返事をどうするか、期限まであと数日だったけど、結論は出せていないままだった。けど、今は頭からふりはらう。本番に集中しなければ。

近くのスピーカーから、マイクのスイッチが入れられたような音がし、すぐに司会者の声が聞こえてきた。

「それでは、つぎのステージは若松第一学園中学グリークラブのみなさんです。男子だけの合唱グループで、すてきな演奏を聴かせてくださるそうです！」

拍手が贈られ、おれたちは観客のほうに頭をさげた。みんなのギクシャクした動きから、緊張が伝わってくるよう。

大丈夫かなと思っていたそのとき、司会者がつづけた。

「一曲目は、顧問の玉川拓朗先生の指揮でお送りします」

そう紹介があり、タマタク先生も舞台に登場した。タマタク先生も、もちろんおそろいのTシャツ姿だ。ペコッと頭をさげて出てきた先生の左右の手脚がいっしょに動いていて、クスクス笑いが起きる。先生はおれたちのなな め前くらいのところで足をとめた。

「タマタク先生、緊張しすぎ！」

アユミがコソッとつっこむと、先生は顔を赤くした。

「しょうがないだろ、先生、指揮ははじめてなんだから！」

ピアノ伴奏がある曲はともかく、アカペラ曲は指揮者が必要なのではという話になった。社会科教師で指揮は経験がないとタマタク先生は当初拒否したが、それなら誰がやるんだとみんなにつめられて最後は了承してくれた。所属している合唱団の指揮者に、指揮を教わったのだという。

タマタク先生が電子キーボードで音を鳴らし、最初の音をとった。

「それでは、若松第一学園中学グリークラブの合唱です。一曲目は、『夢みたものは……』」

司会者から紹介があり、タマタク先生がお客さんにあらためて一礼した。おれたちのほうへむきなおり、足を肩幅にひらいて手をさっとあげる。

四分の四拍子。入りはアウフタクトで、静かなメゾピアノ。

――♪夢みたものは　ひとつの幸福

この曲は、詩人の立原道造による詩に、作曲家の木下牧子が曲をつけたもの。詩は、結核をわずらっていた立原道造が亡くなる一年前、一九三八年に書かれたものだそう。

——♪ねがつたものは　ひとつの愛

今から八十年以上も前の詩だけど、言葉はシンプルでわかりやすかった。幸福とか愛とか、人が願うものは、感情は、時代が変わっても変わらない。

——♪山なみのあちらにも　しづかな村がある
明るい日曜日の青い空がある

なんでもない日常の景色が、やさしくやわらかいメロディで歌われていく。時代も場所もちがうけど、おれたちの頭上にも青空がひろがっている。

二十四歳という若さでこの世を去った立原道造は、病で亡くなる前の年にこの詩を書いたそう。

『なんでもない日常の景色こそ、尊いってことなのかもな』

練習のとき、タマタク先生がそんなふうに説明すると、みんなの反応はさまざまだった。白鳥くんは「何気ないところに美しいものってあるよね」なんてわかるようなわからないことを口にし、葉村くんはネットで見つけたという、一九三八年のものだというどこかの風景写真を持ってきた。会長は『『尊い』って『萌え』に近い？』

なんて首をかしげ、そしてアユミは神妙な面持ちになった。

『なくなってはじめて価値がわかるものってあるよね』

声変わりをした直後、ポロポロ泣いていたアユミの顔を思い出す。日常でもそうでなくても、いろんなものを大事にできたらいいなと思う。

ステージには集音マイクも設置されていて、自分たちの声がいつも以上に響き、ひろがっていくのがわかる。その意味を理解しきれていないところもあるし、みんなの詩の解釈も百パーセントは一致していない。それでも、声が出れば歌えるし、一つになって音は飛んでいく。必死に音符を追って、言葉をつむいで。

――♪ねがつたものは　ひとつの幸福

それらはすべてここに　ある　と

最後の「ここ」は音も高く、何より大事な箇所。大事なものはすべて「ここ」にあるというこの歌のメッセージ、まさに核みたいなところだ。苦手な高音だけど、そこにむけて意識をやって、上から音をおくイメージで。

……出せた！

最後はデクレッシェンドで徐々に小さく静かに。タマタク先生の手が、音をまとめるように円を描いて曲をとめた。

すぐに拍手がわきおこり、肩の力が抜けたものの姿勢を正す。タマタク先生の合図で、そろって礼をした。タマタク先生はそのまま退場し、白鳥くんはステージ上手に設置された電子キーボードのもとへ移動してセッティングをはじめる。

「ありがとうございました！　つぎは、知っている方も多い有名な童謡のメドレーです」

白鳥くんがいすに座り、みんなに目で合図をした。その長い指が軽やかに和音を奏で、気分も一新、童謡メドレーのスタート！

童謡メドレーはすでに人前で披露していたし、緊張はすぐにほぐれた。白鳥くんの伴奏があると、やっぱり心強くもある。

小さい子が手拍子をくれたりもして、あっという間に四曲の演奏をおえ、ふたたびの拍手をもらえてホッとすると同時に気がついた。もう残り一曲だ。

「グリークラブのみなさんの歌も、あと一曲でおしまいです。それでは、最後の曲を

顧問の玉川先生にご紹介いただきます」

　司会者にマイクをわたされ、ふたたび舞台に出てきたタマタク先生に拍手が送られた。

「本日は、このような場で発表させていただき、ありがとうございました。若松第一学園中学グリークラブ、顧問の玉川と申します。このグリークラブは、結成二か月にも満たない、できたてホヤホヤのグループです。まだまだ未熟な部分ばかりです。それでも、この一か月とちょっと、みんなで必死に練習して、今日の発表のためにがんばってきました」

　最後にタマタク先生がかんたんにあいさつをする、というのは事前に聞いていた。けど、こんなふうに紹介されるとは思っていなかった。

「合唱は、一人では完成しません。仲間がいて、はじめて成立するものです。だからこそ楽しいことも、大変なことも、苦しいこともたくさんあります。そんな経験をこれからたくさんしていくであろう彼らが選んだ曲です。どうぞ最後までお聴きください。本日は、まことにありがとうございました！」

タマタク先生のあいさつに、おれたちも観客といっしょに拍手を送っていた。長年合唱をやってきた先生のその言葉は、なんだか実感がこもっていた。最初は乗り気じゃなさそうだったのに。タマタク先生が顧問をやってくれてよかったなって、あらためて思う。

会場全体がいい雰囲気になり、タマタク先生が司会者にマイクをかえそうとした。けど、司会者にすかさず「曲の紹介がまだです！」とつっこまれて笑いが起こる。

「すみません、紹介を忘れてました。大人の方も、中学生のころに歌ったことがある人が多い曲かもしれません。合唱ではおなじみの名曲、作詞作曲、松井孝夫の『マイバラード』、どうぞお聴きください！」

十六分音符からはじまる、明るい前奏。

最初は、語りかけるように。

――**♪みんなで歌おう　心を一つにして**

『いっしょに歌おう！』

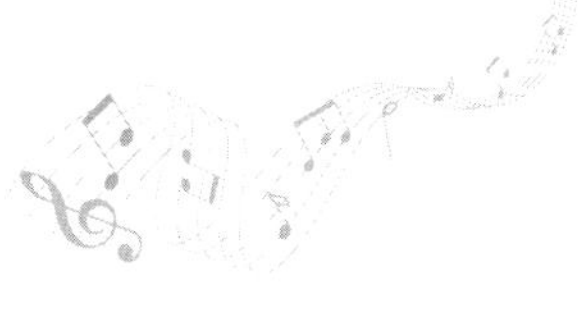

　四月、アユミにもそんなふうに誘われたんだったなと思い出す。

　あんなふうに誘われなかったら、自分も歌おうなんて考えることはなかった。歌は苦手だったし、やろうと思ったこともなかった。自分一人だったら、今ここに立っていることもなかったと思うと不思議な気分だ。

――♪悲しい時も　つらい時も

　アユミは最初、一人ぼっちで中庭で歌っていた。あのときは、一人でも楽しそうに見えた。

　けど、今思えば。本当は、さびしかったのかもしれない。

　歌うのが好きなだけなら、合唱である必要はない。タマタク先生が言っていたとおり、合唱は一人では完成しないのだから。

――♪みんなで歌おう　大きな声を出して

　そんなアユミと二人で歌った。そのおかげで、会長ともいっしょにやれることになった。やがて葉村くんも白鳥くんも仲間になってくれ、タマタク先生も顧問になってくれた。

――♪はずかしがらず　歌おうよ

人前で歌うなんて、恥ずかしい気持ちも少なからずあった。歌は苦手だと思っていたし、自分が上手じゃないことくらいわかってた。今だって、上手になったと胸をはれるほどのものじゃない。

それでも、こんなふうにみんなで歌うのは楽しい。

そして曲は盛りあがり、いよいよサビへ！

――♪心燃える歌が

歌も伴奏もそろった三連符のリズム。

会長の声、葉村くんの声、白鳥くんのピアノ、そしてアユミの声。

みんなの音が重なり和音になって響く。

――♪歌が　きっと君のもとへ

歌には言葉が、意味がある。相手に語りかけるように、気持ちをとどけるように。

両親や倉内さん、聴いてくれている観客に、この歌はどうとどいているんだろうか。

アユミの歌に、おれはこれまで何度も胸が熱くなった。

みんなの声が、音がまじりあう。そこには、おれの声もアユミの声もあるわけで。

……やっぱり、考えると苦しい気持ちもあった。

自分はおかしいのかもしれないって気持ちだってある。

それでも。

胸が熱くなる。心がふるえる。

今こうやって、仲間たちと、アユミといっしょに歌えているのが、やっぱりどうしようもなくうれしくて楽しくて、泣きたいような気持ちがこみあげてくる。

好きなものにまっすぐで、そんなアユミがまぶしくて。


やっぱり、どうしようもなく好きだった。

タイミングをあわせ、大きくブレス。
——**♪とどけ　愛のメッセージ**
愛の、の三連符を意識して、強調して、一番のサビがおわった。

アンコール

たくさんの拍手をこれでもかとあび、若松一中グリークラブの発表はおわった。

舞台からおりるなり、アユミにガバッと首にうでをまわされる。

「おわったー！」

おれがドギマギしているあいだに、アユミはあいているうででほかの三人、そしてタマタク先生すらもひきよせて輪を作る。

「歌えてよかった！　楽しかった！　大成功だったよね！　みんな、歌わせてくれてありがとう！」

そして、アユミは大きな声で宣言する。

「おれ、この声でこれからもがんばる！」

みんなで拍手しあってたたえあう。

そんなか、ふいにボロボロと涙をこぼしはじめたのは葉村くん。何か言おうとし

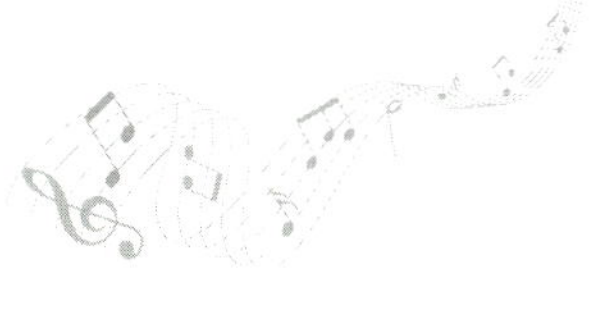

て口をひらくも、もれたのはひぐっという嗚咽のみ。

「言えてねーし！」

なんて軽口をたたいた会長もつられて目を赤くし、そして最後に嗚咽をもらしたのがまさかのタマタク先生で結局は笑った。

みんなそれぞれ事情があって、それぞれの想いを持って歌ってた。

さっき、タマタク先生が言ったとおり。グリークラブはまだはじまったばかりで、おれはみんなのことも、まだまだ知らないことばかりだ。

これからもっともっと歌って、知っていけるんだろうか。

ステージはすでにつぎの発表の準備にとりかかっており、手わけして電子キーボードを撤収した。いすとスタンド、キーボード本体をみんなでタマタク先生の車につみこんだところ。

「――ハルト！」

父さんが声をかけてきた。タマタク先生は少し呆けたような顔をしてからハッとし、あわてて頭をさげた。

「顧問で担任の玉川です！　このたびは……」

「息子がお世話になっております」

ペコペコと頭をさげあっている大人たちを見ていたアユミが、「あれ？」と首をかたむけた。

「陸上の、二宮祐司？」

そうつぶやいて、パッとおれの顔を見る。

「ハルトのパパって、陸上の二宮祐司なの!?」

知らなかったらしい。なんだか新鮮な反応がおもしろくてうなずくと、アユミはすかさずタマタク先生と父さんのあいだに割って入った。

「おれ、渡瀬歩実って言います！」

そして、父さんにツインテールをふりまわすように頭をさげる。

「ハルトには、本当にお世話になってます！」

きょとんとしている父さんに、アユミはまくしたてるように話しだした。

「合唱サークル作りたいって言いだしたの、おれなんです。正直、最初は本当に作れ

るか不安もあって、でもハルトが手伝ってくれて！　本当に、本当にいろいろ助けてくれて！　だから……だから、ありがとうございました！」

たちまち顔がまっ赤になり、両手でおおいたくなったのをなんとかこらえた。

父さんはそんなおれをチラと見て、それからアユミにむきなおる。

「ありがとう。礼なら、本人に言ってあげて」

「こういうの、親に言っておいたほうがハルトの株もあがるでしょ？」

アユミがかわいらしく言い、父さんが笑った。

そのとき、ふと気がついた。

アユミには、親のことはくわしく話していなかった。けど、親に気をつかいがち、というようなことは口にしたことがあったかも。

それを、覚えていてくれたんだろうか。

胸もとをおさえる。切ないような苦しいような、でもそれ以上にうれしくてたまらない。

やっぱり……。

笑顔のまま、父さんがしみじみとした口調でタマタク先生に言う。

「合唱なんて中学生以来でしたが、なんだか感動しました」

その表情は予想外におだやかで、社交辞令には聞こえなかった。そして。

「今後も、どうぞご指導よろしくお願いします」

今後も、という言葉が意味するところに思いいたり、おれは短く息をのむ。タマタク先生が「もちろんです！」と、敬礼するようにかしこまってこたえた。

——なお、そんなあいさつがおわったあと。

おれは父さんにちょいちょいと手招きされ、コソッと質問された。

「最近は、女の子も自分のこと、『おれ』って言ったりするものなの？」

父さんはチラとアユミのほうを見る。おれは思わず噴きだした。

「アユミは男子だよ」

「え、本当に？」

ほー、と感心したように声をもらし、そしてつぶやいた。

「多様性の時代だなぁ」

おまつりはまだつづいているし、屋台でお昼ごはんを買おうという話になった。

みんなそれぞれ好きな屋台にならぶことになり、タコ焼きの屋台に行こうとしていたおれは、「二宮くん！」という声にふりかえった。

「さっきの発表、すごくよかったよ！」

倉内さんだった。グリークラブの演奏からもう三十分くらいたっている。もしかしたら、おれに話しかけるタイミングを待っていたのかもしれない。

「合唱部にくらべたら、まだまだだと思うけど……」

「でも、一年生ばかりであれだけ歌えたらすごいよ！」

倉内さんはにこにこと感想を伝えてくれる。

気づかいもできて、明るくて、いい子だと思う。思うからこそ。

おれは一歩さがって、頭をさげた。

「ごめんなさい！」

「え」

「待たせてた返事。おれ……やっぱり、倉内さんとはつきあえないです」

自分勝手な理由で返事をひきのばしたのは、やっぱりよくないことだった。

倉内さんはこまったような悲しそうな顔をしたあと、いかにも作ったような笑みをうかべて聞いてくる。

「少しだけ、話してもいい？」

「うん」

「二宮くんは、その……好きな人が、ほかにいたりするの？」

すぐに返事はできなかった。でも、ここで嘘をつくこともできなくて、静かに小さくうなずいた。

「そうなんだ。それ、うまくいきそう？」

「多分、ダメだと思う」

すぐに首を横にふる。

「そうなんだ。それでも、その子がいいってことだよね」

今度は、しっかり首をたてにふった。

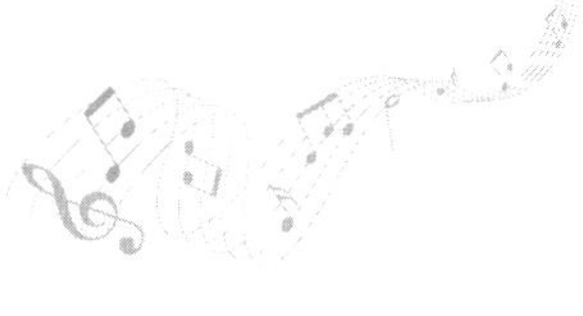

ダメだとも思うし、気持ちを伝えることは、多分ないかなとも思う。

先のことだってわからない。気持ちだって永遠じゃないかもしれない。

それでも、自分のなかにある「好き」を、おれも大事にしようって決めた。

好きなことにまっすぐなアユミに、恥じない自分でいたかった。

「わかった。話してくれて、ありがとう」

「本当に、ごめんなさい。今日も、ここまで来てくれたのに」

「市内だし、すごく近かったもん。わたしはただ、グリークラブの演奏を聴きに来ただけだから」

そして、倉内さんは小さく手をふった。

「演奏もおわったし、もう帰るね。二宮くんも、いろいろがんばってね！」

手をふりかえし、去っていく倉内さんを見送る。それから、タコ焼きはやっぱりやめて、ケバブのキッチンカーにできている列のほうに駆けた。

「アユミ！」

声をかけると、列にならんでいたアユミがふりかえる。

「もうタコ焼き買えたの？」

「やっぱりケバブにすることにした」

「そーなんだ。じゃ、いっしょにならぼ」

にこにこしているアユミを見ると、やっぱり胸(むね)はちょっと苦しい。

それでも、好きなものは好きでいいと割(わ)りきった今、気持ちはすがすがしく軽かった。

「夏休みの活動もそろそろ決めなきゃだよねー。またどこかで歌いたいなぁ」

そんなことをぶつぶつ言うアユミに、伝えた。

「おれもまた、歌いたい」

すると、アユミは大きな目をさらに大きくし、まぶしい太陽を受けてキラキラとかがやかせた。

そして大好きな笑顔(えがお)でこたえてくれる。

「またいっしょにがんばろうね！」

本作品は書き下ろしです。

〝グリークラブ〟とは

グリークラブとは、合唱団につけられる名称の一つ。

もともと「グリー」とは、18世紀にイギリスで流行した音楽形式で、無伴奏の三声以上の男声のための短い合唱曲のことを指す。

そこから、男声合唱団を「グリークラブ」と称する団体が増えた。

現在では、男声合唱団だけでなく、混声合唱団や女声合唱団の名称にも使われている。また、これらのグリークラブは、グリーを主に歌う団体ではなくなっている。

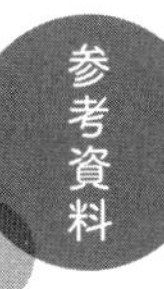

参考文献

『必ず役立つ　合唱の本』、清水敬一、ヤマハミュージックメディア、2013
『雨ニモマケズ』、宮沢賢治、青空文庫
『吃音　伝えられないもどかしさ』、近藤雄生、新潮社、2019

参考楽譜

『残酷な天使のテーゼ』、及川眠子作詞・佐藤英敏作曲、KMP（@ELISE）
『マイバラード』、松井孝夫作詞・作曲、KMP（@ELISE）
『男声合唱のための唱歌メドレー　ふるさとの四季』、源田俊一郎編曲、カワイ出版、2002
『混声合唱とピアノのための組曲　雨ニモマケズ』、宮沢賢治作詞、千原英喜作曲、全音楽譜出版社、2008
『無伴奏男声合唱曲集　鷗・夢みたものは』、三好達治・立原道造作詩・木下牧子作曲、カワイ出版、2012

取材協力

合唱団WAKAGE NO ITARI　https://choruswakagenoitari.com/

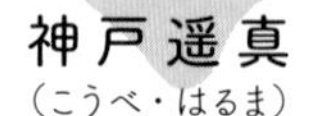

神戸遥真
（こうべ・はるま）

千葉県生まれ。東京都在住。「恋ポテ」シリーズ（講談社）で第45回児童文芸家協会賞受賞。2023年には千葉市芸術文化新人賞奨励賞、『笹森くんのスカート』（講談社）で令和5年度児童福祉文化賞を受賞。その他の作品に「ぼくのまつり縫い」シリーズ、『カーテンコールはきみと』（以上偕成社）、『かわいいわたしのFe』（文研出版）、『みおちゃんも猫 好きだよね？』（金の星社）、『嘘泣き女王のクランクアップ』（Gakken）などがある。

若松一中グリークラブ

気になるあの子はトップテノール

2025年1月31日　第1刷発行

作…………神戸遥真
絵…………田中寛崇
装丁………大岡喜直（next door design）
発行者……小松崎敬子
発行所……株式会社岩崎書店
〒112-0014　東京都文京区関口2-3-3 7F
電話　03-6626-5080（営業）
03-6626-5082（編集）

印刷………三美印刷株式会社
製本………株式会社若林製本工場

ISBN 978-4-265-84055-7 NDC913 19 × 13cm

Published by IWASAKI Publishing Co., Ltd.
Printed in Japan

ご意見ご感想をお寄せください。　E-mail info@iwasakishoten.co.jp
岩崎書店ホームページ　https://www.iwasakishoten.co.jp
落丁本・乱丁本は小社負担にておとりかえいたします。